教育部西南大学俄语国家研究中心项目

Антология
современной русской поэзии

俄罗斯当代诗选

郑体武　译

上海外语教育出版社
外教社 SHANGHAI FOREIGN LANGUAGE EDUCATION PRESS
www.sflep.com

图书在版编目(CIP)数据

俄罗斯当代诗选 / 郑体武译.
— 上海：上海外语教育出版社，2018
ISBN 978-7-5446-5409-8

I. ①俄… II. ①郑… III. ①诗集—俄罗斯—现代
IV. ①I512.25

中国版本图书馆CIP数据核字(2018)第114819号

出版发行：**上海外语教育出版社**
　　　　　　（上海外国语大学内）　邮编：200083
电　　话：021-65425300（总机）
电子邮箱：bookinfo@sflep.com.cn
网　　址：http://www.sflep.com
责任编辑：　龙歆韵
　　　　　　────────────────────
印　　刷：上海华业装璜印刷厂有限公司
开　　本：890×1240　1/32　印张 10.125　字数 192千字
版　　次：2018 年 8 月第 1 版　2018 年 8 月第 1 次印刷
印　　数：3 100 册
　　　　　　────────────────────
书　　号：ISBN 978-7-5446-5409-8 / I
定　　价：58.00 元
本版图书如有印装质量问题，可向本社调换
质量服务热线：4008-213-263　电子邮箱：editorial@sflep.com

前　言

苏联解体后，俄罗斯文学尤其是诗歌的发展状况如何，一直是国内学界和文学爱好者关注的焦点问题之一。然而，受多重因素影响，我国对当下俄罗斯诗歌的译介明显匮乏且零散，除2006中国"俄罗斯年"由俄罗斯方面编辑和资助出版的《俄罗斯当代诗选》外，主要就是本人在《外国文艺》上分几批译介过的一些规模有限的当代诗人作品。这与社会和读者的审美和认知需求还存在相当距离。诗歌是心灵的窗口，要了解一个国家、一个民族，诗歌是极好的一个途径。同时，拥有深厚民族底蕴和传统的俄罗斯诗歌，在苏联解体之后，仍呈现出多姿多彩和不同凡俗的态势，单从审美角度，也值得予以关注。因此，编选、翻译、出版一部较为系统、全面反映俄罗斯诗坛现状的《俄罗斯当代诗选》，是很有必要的。

本书收入47位诗人的200首诗作。入选诗人分属当代俄罗斯诗坛的老中青三代，其中最年长者生于上个世纪三十年代，最年轻者为八十年代生人，中青年诗人占的比重较为突出；这三代诗人中，有当代诗坛各个时期不同流派（如大声疾呼派与悄声细语派、观念主义和元喻主义等）的代表，也有活跃于流派之外的诸多诗人，各具风采，交相辉映，从中可以大体领略俄罗斯当代诗坛的风貌。

个别中国读者较为熟悉的老诗人（如叶甫图申科等）未收入，非有意"遗珠"，乃译介已相当充分之故。

郑体武

2018-3-26

目 录

V

XI

格列勃·戈尔博夫斯基

格列勃·戈尔博夫斯基（Глеб Горбовский，
1931—），生于列宁格勒。诗人，散文作家。中
学毕业后在军队服役，后在列宁格勒各大企业
工作，曾随地质考察队去萨哈林、雅库特等地
考察，后任《阿芙乐尔》杂志诗歌部主任。1955
年起发表作品。1981年荣获荣誉勋章，1984年荣
获俄联邦国家奖，1999年荣获全俄普罗科菲耶夫
文学奖。1963年加入俄罗斯作家协会。著有《寻
找温暖》（1960）、《我坐在床板上》（1992）、
《堕落的天使》（2001）等诗集和小说四十余种。

夜间的路灯

当夜间的路灯飘忽摇曳，
你们走在街上十分危险，——
我从啤酒馆里出来了，
我什么人都不等待，
我已经无力谈一场恋爱。

鬼魂好像淘气鬼亲吻我的双脚，
一个寡妇跟我喝掉了祖屋。
而我厚颜无耻的坏笑
始终能马到成功，畅行无阻，
可我的青春也翻着跟头消失无踪。

我坐在板床上，如命名日上的国王，
幻想着得到一份额外的口粮。
我就像一只猫牢牢盯着窗外，
现如今对我而言横竖都一样！
我已准备好抢先熄灭自己的火炬之光。

当夜间的路灯飘忽摇曳，
一只猫像鬼一样溜到街上，——

我从啤酒馆里出来了，
我什么人都不等待，
我永久地打破了自己的生命记录！

格列勃·戈尔博夫斯基

"我没在列宁墓前……"

我没在列宁墓前
站过岗……但守卫过粮库，
叔叔在那里发放肥皂，——
我站岗并思考。必须思考。

无论如何，毕竟是岗哨。
即使绑腿在门后睡大觉，
还有棉皮帽子，香烟盒子，
即使不是坦克，而是皮鞋。

只要下令：站岗！我就站岗。
有机关枪为后背挠痒。
父亲在战场上捐躯。
儿子该有怎样的作为？

"有人对我说⋯⋯"

有人对我说："哪里顾得上写诗！
国家乌烟瘴气，民不聊生⋯⋯"
⋯⋯可怕的老年人何其多——
食不果腹，因被出卖而心灰意冷⋯⋯
我们全都变成了仇人：
就差那么一点点——骨肉相残！⋯⋯
这就是生活，这就是分崩离析⋯⋯
哪里顾得上写诗⋯⋯诗歌无用⋯⋯

⋯⋯然而这黑白相间的诗句——
仿佛从阴湿地底伸出的一只手！
且有三根手指捏在了一起①！

格列勃·戈尔博夫斯基

---

① 东正教划十字时三根手指捏在一起。

"在悲伤挥之不去的日子里……"

在悲伤挥之不去的日子里，
在强盗横行和寻欢作乐的日子里——
救救我的俄罗斯吧，我的主，
不要给她的命运涂成黑色。

她饱受诬蔑，被钉上十字架，
身体被剖开……乌鸦在头上盘旋。
她，就像母亲，没有过错，
是孩子们把她狠心抛弃。

仿佛被洪水包围的教堂，
它不肯沉没，也不肯漂走——
它始终都在等待神的光降，
尽管大水就要淹没拱顶……

"多么悦目赏心，依旧历历在目……"

多么悦目赏心，依旧历历在目，
祖国那些远离中心的角落。
那里，晨曦的朦胧令人备感亲切。
教堂的钟声又起，跟旧时一样。
被镰刀割到的青草在夜间
散发出隐约而又实在的芳香……

在那里，树根下涌出汩汩的清泉。
在那里，在那些树根中间，我脱胎换骨！
我就像是一只飞蛾，在大地上方飞舞，
远离顺从的圣礼，
依旧在不遗余力地
从挤迫着我胸膛的大海汲取水分……

"我为国家痛心，我没说假话……"

我为国家痛心，我没说假话。
我痛苦，痛不欲生。
"对故国的热爱"
乃是一种根深蒂固的疾病。

我从一个山岗爬到另一个山岗，
感觉双脚已经麻木。
我的右面有河水流淌，
我的左边有微风轻拂。

我支撑在白桦树干上，
挺直腰，极目远望——
于是我看见了远方的罗斯，
距今五百年的故乡。

致索尔仁尼琴

别急。不知深浅就别下水，
别去涉足社会的乌烟瘴气。
"自由"已深深把我伤害，
用它特有的麻醉人的气息。

啊不错，我喜欢言论自由，
思想自由——也悉听尊便！
可我的人民却沉默不语，
一丝冷笑挂在嘴角上边。

为之奈何？在岁月的重压下
移居国外？这是痴人说梦。
像索尔仁尼琴那样整整七年
深居简出，绝不在谎言中偷生？

究竟何为谎言？这个堡垒
一如真理，我们无法从路上搬开。
或许，我们应该放下架子，
平静而坦然地走向死亡的所在？！

维亚切斯拉夫·库兹涅佐夫

维雅切斯拉夫·库兹涅佐夫（Вячеслав Куз-
нецов, 1932—），生于哈萨克斯坦阿克秋宾斯克
州阿尔加市。1950年毕业于空军喀山第九特种学
校。1956年毕业于莫扎伊斯基空军学院，曾去北
极工作。1960年进入苏联作家协会高级文学进修
班学习。1977—1991年任《星》杂志诗歌部主任、
杂志编委。彼得堡艺术科学院院士、主席团成
员。1949年开始发表作品。现已出版近四十本诗
集，荣获多项奖金。多种作品被译成外语出版。
1956年加入俄罗斯作家协会。多次当选俄罗斯作
家代表大会代表。1999年起任俄罗斯作家协会书
记。2000年荣获全俄普罗科菲耶夫文学奖。

给玛丽娜

我们居住在涅瓦河畔——
我们是岛民。
这里有花岗岩堤岸，波光旖旎，
绿草如荫。
无论因为快乐，
还是因为忧伤，
只要你愿意，
你随时可以来，到我们岛上！
让你的忧伤随风消散吧！
我们会拿出
面包和盐欢迎你，
就像欢迎自己的儿女。
白色的夜、
银色的夜
将荡漾在你的头顶。
到岛上来散步吧，
来更真切地感受
人生……
让夜莺的歌唱更加动人吧！
我的城市……

被围困时的饥饿……

岛……

生命之岛，

勇气之岛，

爱之岛！

我的城市，

你的正午

或午夜——

全在我体内，

如孩子们的欢笑和哭泣。

愿"帮助"这个简单的词儿

永远成为人们的

日常用语。

因为人人都是

岛民，

尽管不是人人都拥有

涅瓦河……

……总之，

只要你愿意，

你随时可以来，

到我们岛上。

致奥尔加·别尔戈利茨

"没人被忘记，没什么被忘记"——
这句话镌刻在
风蚀的花岗岩灰色的颧骨上。
我默默地体会着这句话。
我不想争论。
有什么好争论的？……
我此行得到的不是大海，
而是痛苦。
它不咆哮，
不轰鸣，
不汹涌澎湃。
它会
给我们赤裸裸的灵魂
缠上绷带。
缠得这么紧，以致喉咙都要窒息。
那又为之奈何？……
痛苦毕竟是痛苦。
它已在花岗岩的颧骨上流露出来……
于是记忆隐隐作痛，
仿佛被子弹射穿。

罗伯特·罗日杰斯特文斯基

罗伯特·罗日杰斯特文斯基（Роберт Рожде-ственский, 1932—1994），著名诗人，与叶甫图申科和沃兹涅先斯基齐名，曾率苏联作家代表团访问我国北京和上海等地。主要作品有诗集《久远集》《一切源于爱》《泰加林中的花朵》《债务》，以及大量的叙事诗和其他诗歌作品。

我们究竟是何许人

我们
究竟是何许人？
我们
来自无边的森林。
我们
来自漆黑的围困。
我们
来自焚毁的诗行，
来自低矮的农舍，
歌声般无所不能。
我们
来自不朽的生命，
来自
你的肉体啊，
俄罗斯母亲！
我们冲锋时
被铅弹击中，
倒在雪地，
然而
我们重新站起，

欢呼呐喊，就像胜利！
我们奋力前行，
犹如岁月的延续，
艰难但又不可抗拒……
可以
杀死
我，
不可能杀死
我们！
我们
究竟是何许人？
我们笃信复苏，
降生时
我们从大地那里
借取力量，
尔后再把她给予的一切
——归还，
只为
她能
依然存在，
只为她能
永不消亡！
我们脱胎于她，
仿佛草原上的蒿草……
松香在火炉里毁灭，

就像太阳金光闪耀……
面对烈焰熊熊，
我令人胆寒地说道：
可以
杀死
我，
不可能杀死
我们！

罗伯特·罗日杰斯特文斯基

"大海咆哮汹涌……"

大海咆哮汹涌，
　　　掀起漫天狂澜。
大海的后面
大洋浩渺无边。
大海把我连同陆地
一起摇撼！
而我渴望安睡，
经过长久的追求
我渴望飞向
　　　你的怀抱，
犹如飞蛾
向往火焰。
让时光
像平常一样
在眼花缭乱中
　　　匆匆流逝吧。
我感到
　　　度日如年。

"司空见惯的奇迹……"

司空见惯的奇迹
　　　　不是奇迹。
习以为常的痛苦
　　　　不是痛苦。
真正的痛苦
　　　　是另外一回事。
我不愿意
　　　　把它提及。
天天珠光宝气，
　　　　就会视若垃圾。
始终重负在肩，
　　　　便感受不到压力。
天天流泪哭泣，
　　　　便会令人怀疑。
这并不令人畏惧，
倒令人嗤之以鼻。
每到就餐时
　　　　舌头就谎话连篇。
没完没了的喊叫
　　　　既无聊又讨厌。

罗伯特·罗日杰斯特文斯基

一个劲儿地感叹

　　　　不是感叹。

天天争吵

　　　　不是争吵。

天天发誓

　　　　不是誓言。

可是啊，

天天相见的太阳

一旦升起，

映照着成熟的露珠，

　　　　总是令人新奇，

　　　　总是令人惊异。

丝毫无损于

　　　　司空见惯的土地。

我用唱哑的嗓子

　　　　低声说道：

让生活中天天

　　　　都充满了爱，

像面包一样，让人离不开。

假如它存在。

安德列·沃兹涅先斯基

安德列·沃兹涅先斯基（Андрей Вознесенский，1933—2010），俄罗斯当代最杰出的诗人之一，俄罗斯国家文学奖金获得者。1958年开始发表作品，先后出版了诗集《东拼西凑》（1960）、《抛物线》（1960）、《长诗〈三角梨〉里的三十首抒情离题诗》（1962）、《反世界》（1964）、《阿希尔的心》（1966）、《声音的影子》（1970）、《把鸟儿放走》（1972）、《大提琴似的柞树叶》（1975）及获奖作品《镂花巧手》（1977）、《灵魂的施工员》（1984）。沃兹涅先斯基的诗深受俄国现代派和西方现代派的影响，运思奇特，比喻抽象，语言怪诞，跳跃性强，是位独具匠心、勇于创新的诗人。

戈雅

我是戈雅，
敌人落在光秃的田野上，
啄出我弹坑的眼眶。

我是苦难。

我是战争
与四一年冰封雪盖、
饥寒交迫的城市的声音。

我是饥饿。

我是身如
钟鸣震荡在赤裸的广场上的
被绞死的大妈的喉咙。

我是戈雅！

啊连串的
复仇！我把不速之客的灰烬一口气吹回西方！

我给纪念碑一般的苍穹钉上坚如磐石的星星——
就像铁钉。

我是戈雅。

安
德
列
·
沃
兹
涅
先
斯
基

母亲

我取消了母亲的葬礼，
在这个时代无法使你复活。

妈妈，请原谅这又一次送别。
冰雪消融了，好似你的脸庞。
我把你从火葬场那里夺回，
并排安葬在父亲的身旁。

新圣女修道院春天的泥土
可怕地填盖着你的新坟。
沃兹涅先斯基和沃兹涅先斯卡娅在此安息——
生命渗透到了泥土之中。

那触摸过你的一切，从此
成了圣物。
街心花园的长凳，后面的奥登卡街
成了圣物。
母亲的光芒照耀着
叶卡捷琳娜的白桦树。

你在尘世经历过了什么，安托尼娜？
你钟爱铃兰，爱得如痴如狂啊——
工农监察局梳小辫子的知识女性
和叶尔莫洛娃①一样的脊梁！

在工厂和煤油炉的咬牙切齿声里，
在充满了血腥的世界中，
你是纯洁无瑕的爱，没半点儿杂质，
你蒲公英般的额头充满爱心。

你是未被发现的俄罗斯啊，
你守护着火炉和门口，
你把灾难和青春的秀发
握在一起，握成一个拳头。

你怎么能行啊？没有亲人，
你在那边怎么能行？
你再不会逗趣地皱一皱鼻子，
也永不会为我正一正衣领。

你将隐姓埋名在深夜唤醒我。
阿赫玛托娃的诗集会自动翻开。

---

① 指玛丽娅·尼古拉耶芙娜·叶尔莫洛娃（1853—1928），俄罗斯著名话剧演员。

是什么在折磨你，安托尼娜，
托尼娅？

你叩敲风雨，你不会着凉。
我感到你依然在家。
大灾大难中你是我们的庇护啊，
托尼娅……

丧宴过后你的酒杯还在，
还有要用四十天的圆面包。
杯中的酒已蒸发掉了一半。
也许是你真的品尝了它？

我的韵脚怎么也凑不上，
可这是跟你最后的联系！
断了。你人间生命的一部分，
我——面对的是悬崖峭壁。

"谢谢你，是你养育了我，
并让我以此认识自己，
认识秘密光临的理想——
那个大致叫爱的东西。

"谢谢你，让我们并肩生活，
体验白昼的恐怖与白昼的快乐。

饱含着怯懦之爱的额头啊——
一千年后请回想起我。"

我说这些并不觉得有伤体面。
读完我的话的诸君啊，请赶紧
为母亲采一束铃兰花，
来不及送我母亲，送给自己的母亲吧。

027

安德列·沃兹涅先斯基

一张明信片

从巴黎带什么给你？
除了抹布一类的东西——
一张发黄的我们的海报
和一缕对你的相思。

这算不上贵重的礼物。
我在自己的脑海中
为你裁座白色的凯旋门，
就像一件大裸肩的连衫裙。

给一位朋友

你我同挖一条通向对方的地道。
我凭借声音把两人的方向协调。

但一个人向左，一个人向右。
爱情和荣誉冲昏了我们的头。

列车在我们头顶上郁郁驶过。
敲打声在讨厌的地下渐渐微弱。

咸咸的汗水烧得嘴唇滚烫。
我们挖着——但各朝一方……

后人将在两条漆黑巷道的尽头
找到两具手持尖镐的白骷髅。

莉季雅·纳西布林娜

　　莉季雅·纳西布林娜（Лидия Насибулина，1933—），生于克拉斯诺雅尔斯克边疆区叶尼塞斯克市。诗人，翻译家，时评家。1957年毕业于列宁格勒农业机械化和电气化学院，1961年毕业于列宁格勒乌里扬诺夫电工技术学院。舰船自动化和电气化工程师。1966年开始发表作品。曾任俄罗斯作家协会圣彼得堡分会书记，俄罗斯文学基金会圣彼得堡分会理事。俄罗斯作家协会会员。

回忆

很久以前，在战后
并不富裕的五十年代，
中国朋友们跟我一起
在列宁格勒求学。
他们从不缺一次课，
也从不在宿舍里唱歌，
无论去哪儿都结伴而行，
就好像是一家人。

但他们中只有一个人懂俄语，
他每天做笔记，
听懂多少记多少，
然后再把笔记译成中文，
给大家传抄。
他们通宵达旦其乐无穷地背功课，
当然每天都少不了——全体集合。

最令人惊奇的是，他们
在舆洗室的水泥地板上洗衬衣。
浸上水，打上肥皂使劲搓。

别人见了啧啧称奇，
他们的脸上则挂着谦虚的笑意。
我给他们一个盆子，告诉他们
在盆子里洗更方便。
过段时间回来一看：
他们依然我行我素，
在水泥地板上洗衬衫。

中国朋友们在列宁格勒求学，
一晃就是五年。
他们跟我们和睦相处，
实不相瞒，我对他们也甚是喜欢。
他们也有想家的时候，
毕竟是在异国他乡。
但毕业考试人人成绩优异，
而且都是用的俄语。

后来，当然，我们分手了，
彼此天各一方。
只是听说
他们在中国
杳无音信，
下落不明……

弗拉基米尔·科斯特罗夫

弗拉基米尔·科斯特罗夫（Владимир Костров，1935—），生于科斯特罗马州弗拉西哈村，毕业于莫斯科大学化学系和高尔基文学院，早年当过工厂的工程师，《技术青年》和《接班人》杂志的编辑，后担任过《新世界》杂志副主编、文学社社长。著有诗集《初雪》（1963）、《奥斯坦基诺的早晨》（1972）、《莫斯科的黎明》（1977）、《一首歌、一个女人和一条河》（2001）、《假如你爱……》（2005）等，获国家文学奖、特瓦尔多夫斯基奖和蒲宁奖等奖项。

"可怜的心过早疼痛……"

可怜的心过早疼痛，

在灾难和罪过的痛苦意识中。

隐约听到仿佛有台手摇风琴

在演奏一首英布战争①时期的歌曲。

看得出，那些老太婆们没有白白叫喊。

一个时代开始了——盲目的孩子。

手摇风琴这首歌走遍了俄罗斯，

在推杯换盏时尤其令人血脉贲张。

再来一杯！朋友们啊，让我们

唱一唱那个遥远的地方！

"德兰士瓦啊，德兰士瓦，我的国家，

你整个淹没在一片火海之中！"

农场主和农民。商人和扒手。

还有随身带着手枪的彪悍的大学生。

休止符出现了。流浪艺人死了，

俄
罗
斯
当
代
诗
选

---

① 英国同荷兰移民后裔布尔人建立的两个共和国——德兰士瓦和奥兰治为争
夺南非领土和资源而进行的一场战争（1899—1902）。

可仍旧还在演奏那支歌曲。
可爱的祖国的久远的音乐
至今仍使心灵隐隐作痛。
布尔人的子弹。阿富汗的地雷。
自动步枪连续不断地抵近扫射。

别了，我的爱。别了，我的家。
熄灭吧，窗前的灯光。
"德兰士瓦啊，德兰士瓦，我的国家，
你整个淹没在一片火海之中！"

那些带着上帝之名的民族
突然退回到了猴子或蛇的年月。
他们竟然在家门口刀戈相向，
在家人眼皮底下大开杀戒。
又是灾难，又是唾骂和诅咒——
手摇风琴唱的老掉牙的东西。
我梦见出卖灵魂的兄弟们——
该隐和亚伯，彼拉多和基督。

再来一杯，再唱一曲，不要忍耐。
我们要用杯中之酒消弭苦痛。
"德兰士瓦啊，德兰士瓦，我的国家，
你整个淹没在一片火海之中！"

弗拉基米尔·科斯特罗夫

时间在风雪弥漫的路上鸣笛，
似乎并不渴望温暖和善良。
我把一枚十字架戴在身上——
这用白银铸就的一滴希望。

"我站着，如林中的一棵树……"

我站着，如林中的一棵树，
一头银发在蓝色中荡漾，
绵延的时间如斯拉夫红线
刻印在我沧桑的树叶上。

我没有找到更好的东西，
我再也不会去往任何地方，
当末日审判的号角吹响，
我将倒在故国的大地上。

我将为年轻人腾出位置——
让他们目睹天国之光，
让他们通过岁月的年轮
读到我往日的失落与辉煌。

让他们平息这愤怒的处女地，
傲然屹立在克里姆林宫的故乡——
洁白，如俄罗斯人的身躯，
通红，如抛洒的热血一腔。

弗拉基米尔·科斯特罗夫

加林娜·久蒙德

加林娜·久蒙德（Галина Дюмонд, 1937—），生于科米自治共和国乌斯季齐利马镇。诗人，散文家。毕业于国立列宁格勒大学物理系，曾任职于各大科研机构，参与研制苏联首批光量子能量测定器和分光计。著有多种学术著作。1998年加入俄罗斯作家协会。出版了多部诗集和中篇小说。

"涅瓦河水在桥下猛涨……"

涅瓦河水在桥下猛涨，
并呻吟着，像产妇一样，
天空仿佛阴沉的画布，
预示出一种可怕的征象。

然而，眼睛却无法
从这可怕的征象上移开，
也没心情去亲吻
涅瓦河浮肿的膝盖。

我精疲力竭，双膝跪倒，
对着河水疲惫的眼睛祷告，
在这漆黑的深夜里，
我预感到：在劫难逃。

加
林
娜
·
久
蒙
德

"我迷失于漫漫长夜……"

我迷失于漫漫长夜。
有谁知道，何处是黎明的钥匙？
哑默的天空没有半点星光，
深沉的魔鬼在四下里兜着圈子。

或许，一个闪念，我能猜到地点，
可这角落里的笑声非同寻常……
这是何人的眼泪从天上滚落？
这是何人的声音在门隙间回荡？

我在什么地方见过这扇大门，——
这是何人在横穿马路？
那边橱窗里是谁，脸色苍白，
眼睛里藏着一丝静穆？

在这静穆里，带着十字架的
仁慈而伟大的天使低下头颅。

尤里·库兹涅佐夫

尤里·库兹涅佐夫（**Юрий Кузнецов**, 1941—2003），生于军人和教师家庭，父亲二战时期在前线阵亡。1965年考入高尔基文学院，次年出版第一本诗集《大雷雨》。1970年从文学院毕业不久即由外地迁居莫斯科。早期创作受比他年长的同时代诗人鲁勃佐夫的影响。1974年出版诗集《我内心和我近旁——是远方》，引起评论界的关注。同年加入苏联作家协会。第三本诗集《世界的边缘——在第一个角落后面》（1976）确定了他在读者心中的卓越诗人地位。其后发表的一系列作品如《刚上路，心就回头了》（1978）、《放飞自己的灵魂》（1981）、《俄罗斯结》（1983）和《无论早晚》（1985）表明了库兹涅佐夫是一位创作力旺盛、传统和创新兼备的诗人。《灵魂忠实于不为人知的国度》（1986，获1990年度俄罗斯联邦国家文学奖）、《永恒的战斗之后》（1989）、《诗选》（1990）、《等待天上的信号》（1992）、《再见，监狱见！》（1994）和《俄罗斯闪电》（1996）则充满了强烈的忧患意识、悲剧色彩和悲观情绪。库兹涅佐夫的抒情诗时常具有情节基础，带有很强的故事性，同时具有鲜明的寓言性和公民性，在俄罗斯当代诗坛上独树一帜。

原子童话

我听到的这个幸福的童话
契合的已经是如今的音符，
话说伊万努什卡来到田野，
拉开弓，信手将一支箭射出。

他朝着箭飞行的方向走去，
沿着命运银光闪闪的足迹。
他走啊走，碰到一只青蛙，
在一片远离家园的沼泽地。

"办正经事可能派上大用场！"——
他把青蛙放在一块手帕上。
他剖开它高贵的白色身体，
并把电流接进了它的腹腔。

青蛙久久地在死亡线挣扎，
每条血管里都有世纪回响。
傻瓜伊万志满意得的脸颊
闪烁着那理性认知的光芒。

给父亲

在你的坟前该说些什么？
说你没有权利撒手而去？
你把我们孤伶伶撒在人世，
你看一看母亲——她伤痕遍体。
这样的伤痕连风都看得见，
这样的痛苦，父亲啊，没有穷期。

寡妇躺在床上，痛不欲生，
回想着本可以与你膝下儿女成群。
仿佛远方云团上的电光闪闪，
你赠予世界一群会飞的幽灵：
在臆想中长大的兄弟姐妹……
这些事情我能讲给谁听？

我不能向坟墓祈求同情。
除此而外，夫复何求？
年复一年，光阴飞走。
"父亲！"我大声喊道，
"你没有给我们带来幸福！"
吓得母亲赶紧捂住我的口。

尤
里
·
库
兹
涅
佐
夫

"在我死后，当你们……"

在我死后，当你们
再没有什么有求于我，
我的记忆将在这尘世间
久久逡巡，狂吼不绝。

寄生在你们身上的怨尤
还将在心中表现深刻。
大惊失色的世界虚空，
其呼啸将越来越猛烈。

兄弟啊！我会在天明敞开门。
我们是朋友，你可还记得？
你朝门口看一眼："这是风！"
你错了，兄弟。这是我！

俄罗斯思想

告诉我啊，俄罗斯远方，
究竟从何而来，你身上
特有的挥之不去的忧伤？……
一根树枝在树上摇晃。

一天过去了。两天过去了。
没有风，却在树上摇晃。
我不由得心生疑窦：
这是幻象抑或不是幻象？

树叶飘零，树叶歌唱。
它到底为什么而摇晃？
喝酒去，借酒浇愁……
由此产生了俄罗斯思想。

尤里·库兹涅佐夫

"在高天上看见一朵云……"

在高天上看见一朵云，
在旷野中发现一棵树——
云会消失，树会干枯……
萧瑟秋风撩起人无限酸楚。

没有永恒，没有纯洁。
索性出走，浪迹天边。
可俄罗斯的心到哪儿都孤独……
天何其高，地何其远。

"我在同辈人中没有朋友……"

我在同辈人中没有朋友，
岁月弥补不了我的损失。
昨天读了一封早已忘却的信——
没有签名，没有日期和地址。

轻柔而又圆润的字迹
放射出久远的光辉。
这信出自一位女性之手——
她是谁？究竟是谁？

她希望与我相濡以沫——
给她中年人的最后一丝温存。
不知道我是怎样答复的，
我全都忘了，忘得一干二净。

这样的人很多，或聪明或愚蠢，
她们都想得到我的爱情，
我想起我的同辈——他们的伴侣……
不，她们写不出这样的信。

尤里·库兹涅佐夫

这样的人世上再也找不到了，
新的一辈已将她取代，
但我还是觉得她与众不同，
论忠诚，论坚强，论文采。

"刚上路，心就回头了……"

刚上路，心就回头了：那一闪而过的
是树墩还是野狼，抑或普希金？
你虚度了自己纯洁的青春，
对成熟也漠然处之，无所用心。

从莫斯科到赫瓦伦海，烟雾弥漫中
你纵情豪饮，如苍白的死神……
关于生身的故土，你都知道了什么，
以至于你的目光竟无动于衷？

尤里·库兹涅佐夫

库里科沃战旗

跨上一匹黑马——
千年弹指一挥间。
铁掌追不上马蹄，
月亮赶不上黎明。

神圣的誓言已经被
天与地的山岗掩藏。
但残破的胜利之旗
我始终扛在肩上。

我保存着这饱经磨难之旗，
为的是让我们的后人
用它来缝补伟大的远方
和俄罗斯大地的窟窿。

两个聋子的谈话

"你好！""不，我不喝。""顺利的一天。"
"少谈政治为妙。""这里风景如画。
我们坐到阴凉的地方去吧。"
"所有的女人都一样。我同意你的看法。"

"很高兴你能来。""时代如此，朋友。"
"虽然累了，但呼吸自由、轻松！"
"咱们还是把流言蜚语留给闲暇吧。"
"告诉你，今天我可立了大功！"

"这么说是你拐走了我的老婆？"
"说得对。世界太挤，可何必推搡？
抬高点！……""我要扭掉你的脑袋！"
"我做了个永动发电机。老实讲，

还有一个'布谷鸟'没有搞到手。
把表卖给我吧。""她都说了啥？"
"这么说，一言为定？""我得去
找我老婆……他也没能把她留下！"

铅封的远途车厢

一节车厢幽灵般地独自行驶，
让人困惑不解，费尽思量：
威廉检查站怎么会放行，
让它畅通无阻地驶向东方。

一些看不见的人坐在车厢里，
遥想未来的日子如何热火朝天，
他们钢铁般的思想在砰砰跳动……
成片的树墩和沼泽被甩在后面。

车厢此时已是在俄罗斯境内奔驰，
只是它的目的地没有达到，
扳道岔的瓦西卡承认是他
因为喝醉而把车厢送进死路一条。

路上遭遇机关枪扫射和狂轰滥炸，
紧急关头赶来一个水兵，
他用力扯下车厢上沉重的铅封，
然而车厢里却空无一人。

"她另有所爱，却最终属于我……"

她本另有所爱，却最终属于我。
在沁人心脾的双乳之间的深渊里
　　我义无反顾地坠落。
你的臂弯在下方将我掩埋。
于是从大地的怀抱中
　　喷涌出地下的江河。

洗净自己吧，亲爱的，用地下之水。
灵魂会变得清澈，而那个人
　　将像烟雾一样彻底消散。
阳光下不必害怕那些可恶的家伙。
没有人会知道我是如何
　　睡在你高耸的双乳之间。

原谅我对你想入非非，
当我目不转睛地盯着
　　人群中美若天仙的你。
也许这是命运向我发出的信号吧，
我像海外的哥萨克一样低语道：
　　"嘉丽啊！我的嘉丽！"

尤里·库兹涅佐夫

报纸

铺天盖地的报纸
随风而至，
无所不至，
可我不读。

我要保护灵魂
远离愚弄和聒噪。
我左思右想；想什么
连自己也不知晓。

瞧，仿佛一团轻雾，
旁边冒出一个人。
他用一张报纸半遮着脸，
窥视着我的一举一动。

狗吠与否，牛叫与否，
系统高度警戒。
一个密探换成另一个密探，
报纸依然故我。

或许，我会被逐出这个世界，
被逐出自己的家园，
在这里，连畜生都读报纸，
就我不读。

尤里·库兹涅佐夫

一九九一

他在梦中杀人，杀野兽，
醒着时连只蟋蟀也不曾招惹。
但梦中杀死的人也好，兽也罢，
醒着时他从来都没有见过。

"也许，你不喜欢人和兽？"
"喜欢，可他们总是攻击我。"
"那你怎么不逃离人和兽？"
"逃了，但他们穷追不舍。"

"要是他们在你醒时攻击你，怎么办？"
"我会身不由己地杀了他们。
他们一追上来，我就马上睡着，
然后身不由己地在梦中杀死他们。"

"怎么说你也是凶手，即使在梦中，
到了上帝面前，你会无法交代。"
"对梦中犯杀诫我在梦中负责，
但醒时面对上帝我可是无可指摘。"

新年前夜

一个曾经的俄罗斯人，跌跌撞撞。
我问他，脚下打着趔趄：
　"你将怎样迎接新年呢？
你将怎样跟旧的一年告别？"

他差点没摔个跟头，
跟跟跄跄地伸手抓住我：
　"我将怎样迎接新年？
我将怎样跟旧的一年告别？

　"我会丢下女友，让她苦苦思念，
我会摸黑找到自家的大门。
我会深夜离去，去到红场，
手里握着一瓶苏联产的香槟。

　"'新年大吉，伟大的人民！'——
警车里传出我的呐喊。
我就这样迎接新年，
面对旧的一年我不会纠缠。"

"妻子啊！你会在转眼间……"

妻子啊！你会在转眼间
因愚蠢或轻率而将我出卖：
这么多年，你谎话连篇，
你的胡言乱语可斗量车载。

只是当不速之客深夜来访，
催促我时，你的心不要撒谎，
也不要把你的脸和胸抓破：
它们是那么美丽，在你身上。

法语课

湛蓝的血溅在断头台上……
狂欢吧，人群！摘下自己的枷锁！
但据说，安东奈特①站了起来
并将自己的头颅朝他们脸上掷去。
老实说，我不是一个好学生；
历史中含糊其辞之处实在太多。
但从自由、平等和博爱之中
我记取的只有王后的这个动作。

尤里·库兹涅佐夫

---

① 玛丽·安东奈特，法国国王路易十六的妻子，法国大革命时被处死。

毛巾

我们的爱情不太合法，
所以约会选在夜间一个昏暗的地方。
你在朦胧中发现一幅圣像画，
并难为情地讲："在她面前我不能这样！"

上面画的是圣母和圣婴。
我怯生生地说，头也没抬：
"用块毛巾挡一下吧，
这样兴许会认不出来。"

你用一块毛巾严严实实地
遮住圣母慈祥宽厚的脸。
我们尽情释放彼此的激情，
清晨醒来时你泪流满面。

窗外，夜莺在哭泣和歌唱，
纯真如婴儿的睡梦一般……
你从圣像画上取下毛巾，
用它把自己的眼泪揩干。

窗边的女人

我坐在窗口

郁闷地望着马路，

白天日照刮风，

晚上下雨飘雪。

我独自坐着，

有时会忘了自己，

一会儿日照，一会儿刮风，

一会儿泪水涌出眼底。

追我的男人成群结队，

他们整天纠缠我，

他们全都一个德性，

说的话也如出一辙：

"我们去散散步吧！"

跟我散完了步——

从此便没了下文。

安慰

山谷在用醉人的回声叹息。
掉进草垛的针①在叹息。
疲惫的人们在此岸叹息，
而鬼魂在彼岸叹息。
委屈、忧伤和烦恼在叹息。
俄罗斯的侥幸心理在叹息。
被风吹开的大门在叹息
和呻吟，犹如被刺穿的伤口。
沉默、祷告、交谈在叹息，
真理的叹息喑哑而深刻。
胜利在你的失败中叹息。
字里行间在叹息。
广漠的时间在叹息和呻吟，
命运的车轮在叹息。
干硬的思想能把头压歪，
但叹息能让脸扬起来。
活的和死的痛苦与惶恐

---

① "掉进草垛的针"：俄语成语，意为"石沉大海"。

永远不要埋藏在心中。
所有的叹息和呻吟上帝都能听见，
你所有的叹息和呻吟。

尤里·库兹涅佐夫

93年炮打白宫事件周年祭

十月已经到来……

——普希金

怀着对十月的爱，俄罗斯在凋零，
她今天活着，明天将死去。
点燃蜡烛哭泣吧！……秋天正在抖落
滴血的落叶——诗人是那么喜爱它们，
民众流的泪会沉淀，
民众走的路与另一个世界相通。

三个心愿

一架飞机在海上飞行，
突然系统出了故障。
这个故障无法排除，
它一头栽进大海汪洋。

坠机地点远离南北美洲，
我不打算交代具体在何处。
只知道有三个人侥幸生还：
一个俄国人，一个英国人，一个法国人。

他们三个爬上一座小岛；
法国人绝望地长叹一声，
英国人勉强保持镇静，
俄国人则挥挥手，满不在乎。

远处的波涛将一只箱子
推到岸上，送到他们脚下。
他们打开箱子，简直不敢相信，
里面装着些东西，似有若无：

桌子沙发各一，葡萄酒和下酒菜若干，
外加一只玻璃瓶，长了青苔。
"还愣着干啥！"俄国人
拔出瓶塞，把它远远地丢开。

周围升起一股青烟，
而当这股青烟散掉，
他们看到一个巨人，——
也有可能这是错觉。

巨人聪明也好，愚蠢也罢，
反正不是说你们，无所谓。
"我可以满足三桩心愿，
你们每人各有一次机会。"

法国人回忆起塞纳河畔，
他曾与别人的妻子在那儿闲散。
巨人满足了他的心愿——
法国人顷刻间消失，如同闪电。

英国人想起泰晤士河，
他曾在那里遛狗，怡然自得。
巨人满足了他的心愿——
转眼间英国人没了踪影。

俄国人的愿望非同寻常：
"要吃有吃，要喝有喝。
还是把他们俩送回来吧：
就愁没人跟我推心置腹！……"

于是俄国人、英国人和法国人
又聚在一起，饮酒作乐。
他们对巨人的记忆各不相同，
我不打算交代有何区别。

尤里·库兹涅佐夫

德米特里·普里戈夫

德米特里·普里戈夫（Дмитрий Пригов，1940—2007），诗人和画家，观念主义诗派领袖和理论家，普希金奖金获得者（1993）。生于莫斯科，中学毕业后当过一段时间工人，1959年考取莫斯科高等工艺学校学习雕塑，1966年毕业后进入莫斯科建筑局工作。1975年加入苏联美术家协会，1989年加入莫斯科先锋派俱乐部。

从1956年起写诗，但1986年前在苏联本土没发表过作品，只在国外一些俄语期刊上发表过少量诗作。80年代末回归苏联本土。第一部诗集《徽魂泪》出版于1990年，此后又相继出版了《五十滴血》（1993）、《1975—1985作品集》（1997）、《1990—1994作品集》（1998）和散文作品《住在莫斯科吧》（2000）等。

普里戈夫创作产量惊人，据说，他日作诗三四首，拟到2000年时作诗20 000首，后来，鉴于这个数字太相似，容易引起误解，遂将20 000改为24 000：“这样，以过去的两个千年计，等于每月一首；以我的生命计，等于每天一首。”

"我的一生全耗在了两件事上……"

我的一生全耗在了两件事上：
刷盘子和写作高雅之诗
我的全部生活智慧皆源于此
所以我的性情倔强但不严厉

看啊，水在流——我在认识它
窗外的楼下——人民和当局
凡是不喜欢的——我索性取消
凡是喜欢的——看一眼周围便知

德米特里·普里戈夫

对一个话题的老生常谈：人活着不 单靠面包

如果我们说有食品
那就意味着没有别的
如果我们说有别的
那就意味着没有食品

如果说什么都没有
没有食品，也没有别的
那同样意味着还有点什么——
毕竟我们活着，高谈阔论

关于生态话题的老生常谈

我体内的激情是如此这般——
偷摸吃掉（不清楚如何偷摸）
两个星期剩下的香肠
活像家里的嗜血暴徒

可这毕竟是一种奖赏
一般且较为模糊意义上的——
比方说，我就是生活的暴徒
比方说，我就是生活的护理员

德米特里·普里戈夫

关于自由的老生常谈

刚洗完一大堆盘子
转眼一看——又来一堆
这里哪有什么自由可言
这里但求能活到老年
不错，你可以不洗
可这里来的人各式各样
他们说：餐具太脏了——
这里哪有自由的容身之地

"我在一家食品店……"

我在一家食品店
买到两斤鱼肉色拉
这事没什么丢人的——
买到了就是买到了
自己吃了一点点
又用这东西喂饱儿子
还好他只有一个肚子
然后我们俩
在干干净净的窗前坐下
仿佛两只公猫
生活在下面流淌

德
米
特
里
·
普
里
戈
夫

"别人不洗餐具……"

别人不洗餐具
也不给鸡开膛破肚
可他们依然过得幸福
真不知他们凭什么

不过在那个朗朗世界上
我们将坐在白色餐桌旁
就像纯真无邪的小孩子
他们将大大地张开嘴巴
在空中捕捉我们吐出的东西

"我喝巴西咖啡……"

我喝巴西咖啡
我吃荷兰鸡
我用波兰香波
我是国际主义者

我踏上布拉格街道
我飞进太平洋
四海之内皆兄弟
我主上帝啊，宽恕我

德米特里·普里戈夫

"我一声不吭地排队……"

我一声不吭地排队
心里不由自主地想:
假设普希金也在此排队
莱蒙托夫也在此排队
勃洛克也在此排队
他们会想些什么呢? ——幸福

"在半成品店弄到一罐番茄牛肉……"

在半成品店弄到一罐番茄牛肉
放进背包里，小心翼翼往家走

一个骚老娘们儿大摇大摆
拎着一大块非法获得的肉

从小卖部后门走了出来
好大一块啊——简直拎不动

要是在商店里工作也就罢了
毕竟没有功劳还有苦劳

可她呢———一个外来的，也不漂亮
我可是大诗人，我可是俄罗斯的骄傲

我在那些陌生人中间排了大半天
可幸福竟偏爱这样一些骚娘们儿

"在这冬天的傍晚……"

在这冬天的傍晚
我得把餐具洗净
夜深人静时更好
当周围的人已经入睡

我洗着，回忆着：
我曾跟这个吃饭
我曾跟这个喝酒
我曾跟这个闲坐

可如今他们何在？
没了。都死了
坐了一个晚上
晚上孑然一身

"钳工走进冬天的庭院……"

钳工走进冬天的庭院
仔细观瞧：庭院已春意盎然
这好比现在的他——
从前是个学生，如今成了钳工

而再往下再往下呢——是死亡
而在死亡之前呢——垂垂老矣
而垂垂老矣之前，再之前
再之前呢——就像现在是个钳工

德米特里·普里戈夫

"何时你会爱我呢……"

何时你会爱我呢
我定会给你回报
我会对你百般温存体贴……啊不
你已让我万念俱灰

如今怎样？——如今我是一只狼
如今我是无形的，而且可怕
我只是还债而已
你不爱我我不爱你的债

"只要警察往这里的岗亭上一站……"

只要警察往这里的岗亭上一站
由此到伏努科沃尽收眼底
警察可以看着西面，可以看着东面
西面和东面的后面空空荡荡
而中心，也就是警察站立的地方——
则从四面八方皆可瞭望
从四面八方皆见得到警察
从东面见得到警察
从海上见得到警察
从天上见得到警察
从地面和地下……
他决不会东躲西藏

"一个警察遇到一名恐怖分子……"

一个警察遇到一名恐怖分子
警察对他说：你是恐怖分子
是精神上不和谐的无政府主义者
而我在这个世界上代表正确

恐怖分子回答：可我热爱自由
自由于你——不是本地的自由
走开吧，别挡在主入口
没看见我有枪吗——我会杀了你！

警察的回答义正词严，不容辩驳：
想要杀死我，你是痴心妄想
即便你打穿我的制服和血肉之躯
你的欲望也敌不过我的形象

"妻子背叛了我……"

妻子背叛了我
这不是我的问题——
指哪儿打哪儿，任意驱遣！
可我就是觉得委屈

我怎么也做不到
将平素盛着鱼汤的盘子
从她不洁的手上
拿到我不洁的手里

我要去周游世界
找个地方租间房子
我要开始思考点什么
智力能够企及的东西

德米特里·普里戈夫

"犹太人有趣在于他不完全是俄罗斯人……"

犹太人有趣在于他不完全是俄罗斯人
中国人无趣在于他完全不是俄罗斯人
而俄罗斯人不是无趣
只不过是衡量有趣无趣的标尺

"柳德米拉·济金娜歌唱……"

柳德米拉·济金娜①歌唱
她自己的十七年
可那十七年对她算个什么
她毕竟没有成为
列宁奖金的获得者

换做我会失声痛哭
把那十七年当作一种损失
我在之后的二十年可有所得？
东张西望，搜遍衣兜，莫非说
这就是二十年之所得——
其实这跟损失没啥区别

德米特里·普里戈夫

① 柳德米拉·济金娜（1928—2009），苏联和俄罗斯著名歌唱家。

"选出了美利坚合众国新总统……"

选出了美利坚合众国新总统
美利坚合众国老总统被骂得狗血喷头
这跟我们有何关系——嘿，美利坚
嘿，合众国总统
是不是很好玩——美利坚合众国囧统

"每当我思考诗歌该何去何从……"

每当我思考诗歌该何去何从
我就会明白，我的同时代人
爱我应该胜过普希金

我写的是正发生在他们身上的事
或过去或将来发生在他们身上的事
每一个事实他们都了如指掌
我用我们彼此明白的语言跟他们说话

如果说他们爱普希金仍旧胜过我
那也是因为我善良而又
诚实：我这并非对他不敬
我无意冒犯他的诗
以及他的荣耀，他的声誉
我何必多此一举呢，当我
其实就是普希金本身

瓦列里·洛巴诺夫

瓦列里·洛巴诺夫（Валерий Лобанов, 1944—），生于伊万诺沃，毕业于医学院，职业医生。著有诗集《尝试活着》（2003）、《飞来飞去的词语》（2005）、《线条与密码》（2006）。

"思之来也自上而下……"

思之来也自上而下。
言之出也自下而上。
每句诗都是一棵烧不烂的灌木。
凡写下的，必掷地有声。
我无法弃绝半吞半吐。

瓦列里·洛巴诺夫

"当我想你的时候……"

当我想你的时候——
枝头的蓓蕾绽开了，
天上的云层变厚了，
五月的雨吹响号角，

一艘艘的轮船驶向
自己并不知晓的远处，
大地所有的热恋者
全在幻想未来的会晤，

披着银装的老人走在
蛾摩拉和索多玛中间，
从产院宽敞的工作室
传出来了第一声叫喊，——

就这样，奇迹发生了，
在自然界，在城市里，在命运中，
当时光在脚下溜走，
当我想你的时候。

八行诗

鲁勃佐夫讴歌过的农村
最终还是末日来临。

牛蒡、荨麻和大黄
成了周边乡村的居民。

父亲的房子没有窗，没有门，
遗忘的杂草在台阶前丛生。

只有乡村墓地的船
在大地的水平线上游动。

"音乐一直延伸到……"

音乐一直延伸到
所有的楼层。
神父曾经教导我们
不能以谎言为生。

我对伊格纳特眨下眼睛。
凭一句话我可吓不住
"月光奏鸣曲",
沉睡的国度。

六 月

我出场了……人们要我
（大厅贼一般藏了起来）
朗诵关于俄罗斯的诗，
我决定朗诵勃洛克。

于是，我穿过一片菜园，
差不多是不知不觉
进了俄罗斯大自然的怀抱，
而且再也无处可去。

小心翼翼地行走于
集体农庄的田间地垄，
为他人的诗句落泪，
为自己的诗句劳神。

过一种对双方都有好处
（与自己的国家相处和谐）
和铁一般坚硬的生活，
对淘气的子弹敞开的生活。

烛光下

灵魂深陷于日常生活。
忽而凑不够钱买书，
忽而水龙头锈住，
忽而搞砸了婚庆服务。

忽而说：了无新意，
社会主义是花样翻新，
刚劲站在十字路口，
把正确的道路指引。

后来是自由风光无限，
紧赶慢跑——伤筋动骨，
红白世纪走到了尽头，
二十一世纪拉开大幕。

世界病了，宇宙在打寒战，
我的星辰正脱离轨迹。
没人记得赫鲁晓夫和戈尔巴乔夫，
但有人记得斯麦里亚科夫和斯卢茨基。

列夫·鲁宾斯坦

列夫·鲁宾斯坦（Лев Рубинштейн, 1947—），观念主义代表性诗人之一。生于莫斯科，毕业于莫斯科肖洛霍夫师范学院语文系（函授），长期从事图书馆工作。60年代末开始从事文学创作，70年代初期开始探索个人的极简主义风格，不久便创造了一种介于语言艺术、行为艺术和造型艺术之间的体裁——"卡片诗"（或叫"活页诗"）。主要作品有诗歌随笔集《家庭演奏》（2000）。获安德列·别雷奖等多种奖项。

所谓"卡片诗"，就印刷方式而言，有以下几种：1）将诗歌文本写在一摞卡片上，以卡片的形式出现，发表时配以一盒磁带，读者根据录音来逐一检阅卡片；2）以段落为单位，一个段落（无论长短）占一张卡片。3）如果是发表在普通书刊上，则将每一段落分别印在专门的方框里，以表明它们之间的相互独立。

无名事件

1. 绝对不可能。

2. 无论如何都不可能。

3. 不可能。

4. 也许某个时候可能。

5. 某个时候。

6. 以后。

7. 暂时还不可能。

8. 不是现在。

9. 还是不是现在。

10. 只是不是现在。

11. 也许快了。

12. 大概快了。

13. 确实快了。

14. 也许比预想的还早一些。

15. 已经快了。

16. 就要来了。

17. 马上来。

18. 看啊！

19. 就这些！

20. 完了。

共同体验大纲

读毕请传阅.

1

我们准备好投入共同体验了吗?

2

如果已经准备好,那当然好。
如果还没准备好,时候一到,
自会准备好。

3

此刻我们感兴趣的只有它——此刻,
以及与之有关的一切。

4

与此刻有关的东西,
我们认为,很多。

5

让我们齐心协力,为此刻
做一个较为精确的说明。

6

让我们竭尽全力，为此刻语境下的
每个人来一次较为清晰的定格，

7

难道我们没有意识到，将此刻
韵律化的企图乃是一个
痛苦不堪的过程？
但我们难道会吝惜这样的努力？

8

请注意！
下面有一个通知。

9

请注意！
作者就在我们中间。
　　　　——作者

10

作者就在我们中间，这一情况
赋予此刻以特殊的含义，

11

不过，这一情况可以不必在意。
它不会导致大的改变。

12

然而，正是此刻我们置身于此地

且正是这样的人员构成，这一点，

的确很妙。

我们不能忘记这一点。

13

有时，随便一种外在的动机

就能支配我们，

而此刻，支配我们的

是怎样的动机呢？

14

我们体验最多的是些臆想的事件。

而此刻体验的，则是极为真实的事件，

难道不是这样吗？

15

有时我们给自己提各种各样的问题。

但现在，我们要停留在一个问题上：

接下来会怎样？

16

我们时常不知道该怎样回答

这些或那些问题。

而此刻，也用不着回答。

17

我们经常不知道该彼此说些什么，

而此刻，我们知道。

18

此刻，我们要保持沉默。

但这并不等于我们无话可说。

19

有时我们会诚惶诚恐，

此刻绝非如此。

20

有时我们会无所适从，

但此刻全然不同。

21

经常，甚至非常经常，我们会

感到莫名其妙。

此刻我们确信：我们全都明白。

奈何，确切地说，事情本来如此。

22

请注意!

下面有一连串通知。

23

请注意!

此刻的全部美妙尽在其自身当中。

——作者

24

请注意！

世间万物之中

绝对有某种东西存在。

——作者

25

请注意！

不知是什么东西使演员依恋

现象世界。

——作者

26

请注意！

上帝才晓得

不知所措的人与什么相像，

——作者

27

请注意！

疲惫的旅行人渴望一个归宿。

——作者

28

请注意！
四季较世界各大洲的优越之处
变得如此明显，以至这一点
似乎并无必要加以讨论。

                    ——作者

29

请注意！
离开这间屋子时，你肯定
还打算回来。

                    ——作者

30

这些通知是给你们写的，
是为你们写的。
有谁知晓，或许它们就是
此刻的概念基础呢。

31

此刻发生在我们身上的事情，
将来未必会出现。

32

此刻我们体验到的东西，未必
能够描述出来。
要知道描述只能描述对事件含义的

模糊的揣测······即便做到这一点
也相当困难。

33
此刻我们经历的东西，不可能
不在今后有所反映。

34
请注意！
下面有一个通知。

35
请注意！
作者感谢所有热诚的参与者。
　　　　　　　　——作者

36
我们不想离开，
实在美妙。

英雄的诞生

1. 我又能告诉你们什么呢？

2. 他了解些情况，但保持沉默。

3. 我不知道，或许你是对的。

4. 这东西既保健，又可口。

5. 七点钟在末节车厢旁边见。

6. 那里接下去讲的是学生。

7. 一块走吧，我正好跟你同路。

8. 怎么样，主意拿定了没有？

9. 坐上车——一直坐到底。

10. 你听听我写了什么。

11. 可以直接穿过大院。

12. 他没太让您厌烦吧？

13. 可明天有可能不亮。

14. 一天三次，饭前服。

15. 咳，你别装疯卖傻了！

16. 在马路角的皮具店里见。

17. 序号是一百——一百二十。

18. 听着，我要告诉你一件事。

19. 您先进去，我马上就来。

20. 别说这些可怜兮兮的话。

21. 来，让我瞧瞧你的舌苔。

22. 那么，我们到底去不去？

23. 谢谢关心，我并不难过。

24. 不，你是当真还是玩笑？

25. 您要知道，这样也不行。

26. 你怎么了，这么穷凶极恶？

27. 让我们再来一次试试。

28. 谢谢您，我自己来吧。

29. 反正我已经习惯了。

30. 是我需要这样还是您？

31. 总的来说，你也不对。

32. 那里都讲学生什么了？

33. 我不是对你说过吗：别烦！

34. 让我单独呆会儿吧——我难受。

35. 喂，你最好打个电话了解一下。

36. 真是个永远阴沉、恶毒的人。

37. 你哪怕是打开天窗也好啊。

38. 再来一杯就各自回家。

39. 那真是暴殄天物，可别生病。

40. 浑身一点力气也没有了。

41. "五"这个词的韵脚是什么？

42. 真倔，我简直没法形容。

43. 六个字母，结尾是"H"。

44. 算了。不说了。我给你打电话。

45. 他？五十来岁。怎么啦？

46. 还有件事，你关掉熨斗了没有？

47. 他每次来都是这样，正襟危坐。

48. 你老早就照过镜子啦？

49. 拉倒吧！找到了后悔药。

50. 我还不如在家里坐一会儿。

51. 你到底想问什么来着？

52. 我清楚我在说什么。

53. 我试了一下尺寸——嘿，正好！

54. 也许，咱们再来一杯？

55. 您最好去问问其他人。

56. 谢谢，我该走了。

57. 你还真就相信了，傻瓜！

58. 他打大清早就嘴歪眼斜。

59. 你还不如跟米奇卡散散步。

60. 其实她自己知道这是因为谁。

61. 再过一星期就到一年了。

62. 啊呀，是吗？我可不知道。

63. 你全都说了吗？我可以不？

64. 对我来说，反正无所谓。

65. 我们步行到地铁吧。

66. 睡到中午一点，这懒鬼！

67. 说话没有重音，有气无力。

68. 灵魂是不可能死亡的！

69. 天气竟然这么快就变暖了。

70. 天气真热——我不停地喝水。

71. 不停地抱怨肚子。

72. 谁不打呼噜？你不打呼噜？

73. 孔子——是五世纪的吗？

74. 去，让他们来清理一下床铺。

75. 你们在说什么，如果不保密？

76. 我反正无所谓，你自己决定。

77. 同志们，少说漂亮话。

78. 我怎么办，叫警察？

79. 哎哟，这可叫我怎么活呀！

80. 可他连句感谢的话也没说吧？

81. 她把那里搞得乱七八糟！

82. 快点结束吧，我在等电话。

83. 我不太方便，你问吧。

84. 最好由你拿去修一修。

85. 喂，亲爱的！喂，忍一忍！

86. 你是个十足的傻瓜，就这些！

87. 十二卢布？一夜？别胡扯啦！

88. 马上把这个贱货扫地出门！

89. 是从国外带回来的。

90. 关门，内部整理日。

91. 接待时间十二点至三点。

92. 听不见？我重拨一遍。

93. 到底什么地方是讲学生的？

94. 我没说过这话。

95. 学生去上学。来到学校后，他走进教室，坐在自己的座位上。绘画课。学生开始在自己的画册上画一只碗。老师说画得不错，便表扬了学生一番，后来下课铃响了，同学们纷纷去进行课间休息，学生独自留在教室里开始思考。

96. 学生过生日那天他的同班同学——两个女孩和三个男孩来做客。学生拿出七块奶油蛋糕和五瓶"贝加尔湖"饮料招待客人。一个女孩吃了两块蛋糕并喝了一瓶半"贝加尔湖"饮料。而三个男孩中的一个打赌喝下了剩余的全部饮料并说他还能喝。蛋糕没有吃完，剩下的一块完整的和一块被咬了几口的。吃喝完毕同学们开始玩"提意见"和"抓傻瓜"游戏。生日过得快乐而有趣。当客人们都各自回家了，学生独自留在家里并开始思考。

97. 学生在商店里买了一些练习簿。两本是横格的，两本是斜格的，其余的是方格的。回到家，学生认认真真地将买来的练习薄叠放在桌子上。然后学生在桌前坐下并开始思考。

98. 母亲给了学生一个卢布让他去商店买两盒16戈比的牛奶和一只里加面包。（如果有，如果没有，就买半只黑面包，随便哪种，只要新鲜就行。）学生按照母亲的嘱咐做了。他买了两盒牛奶和半只波罗金诺面包。（里加面包没有）回到家，学生把买来的东西和找回来的零钱交给母亲，只是不是全部：母亲允许他把铜币留下。然后他在窗前坐下并开始思考。

99. 学生问老师："我可以走了吗？我头疼得厉害。"
老师说："走吧。你好像是经常头疼。"学生走了
并开始思考。

100. 学生问："消融存在或消融于虚无——不都一样
吗？"老师说："我不知道。"学生走了并开始思
考。

101. 老师问："你们读过《周南》和《召南》吗？"学
生回答："没有。"老师说："凡是没读过的人，
都如同面壁不语者。"学生什么也没回答，他只管
去走自己的路并开始思考。

102. 老师说："我再也不想说话了。"学生说："如果
老师再也不想说话，那我们该转述什么呢？"老
师说："天不言，然四季照样更替，万物照样生
长。"学生走了并开始思考。

103. 起初他想："朝哪儿看呢？要知道我们的无节律的
努力与奢求的愚蠢空间是转向四面八方：向前或向
后，向右或向左，向上或向下，向着纵深和宽广。
该朝哪里看呢？"

104. 然后他想："圆圈已画好，没有出路。然而，只要
认真想一想，就会找到唯一可行的解决办法，那
时，会有另外一些声音执拗地提示你：你不是一个
人在此……"

105. 然后他想："快乐，还未识别出我们当中的任何
人，便回到自己家去了，当某种类似的东西又一次
提示自己的存在……"

106. 然后他想："你听！风在尝试跟树巅做这样的游戏，让树巅东摇西摆，无法很快停下来，当事情变得越来越明白：只要你停下来——就会粉身碎骨……"

107. 然后他想："我们正逐渐靠近禁区，我们有否彼此得到对方，当时间忽而缩短，忽而拉长，你已经无法理解何时是何物……"

108. 然后他想："我们正逐渐靠近不可辩驳的界限，似乎已经到了诉诸理智的时候，当因和果不时地换位，你已经无法理解何物在何处……"

109. 然后他想："我们正逐渐靠近所描绘的界线，突然差了最后一点力气，当我试图抓住那束也许是思想也许是回忆的丝线，却做不到，做不到，做不到……"

110. 然后他久久地陷入沉思。

维克多·勃留霍维茨基

维克多·勃留霍维茨基（Виктор Брюховецкий，1945—），生于阿尔泰边疆区阿列伊斯克，毕业于列宁格勒航空器材学院，在应用化学研究所当过工程师。著有诗集《祖屋》（1996）、《天鹅的羽毛》（1998）等。俄罗斯作家协会会员。

"彼得之城啊，彼得之城……"

彼得之城啊，彼得之城……
我所有的一切都献给了你——
我的生命和灵魂。除了荣誉。
荣誉是不能奉送的，不是吗？

我可乞求得到什么回报？
不，我什么都不要。
有绿地，有栏杆足矣。
在这里，被你的魅力

彻底征服的我们啊，
抚慰自己的良知……
但另一些人还要投入战斗，
继续书写这故事——

这神话，这现实，
绵延不绝，世代传扬。
星星会破灭，星尘
将会落在我们的脸上。

另一个时代正在到来，
我们对黑暗已经做好准备；
在我们白发苍苍的时候，
我们会将你完好地交给后辈。

维克多·勃留霍维茨基

列夫 · 柯丘科夫

列夫·柯丘科夫（Лев Котюков，1947— ），生于奥廖尔，毕业于高尔基文学院，著有诗集《对开的列车》《爱的恐惧》《在蛇镜中》《在孤独的人群中》等，曾获得包括费特奖和普拉东诺夫奖在内的多种文学奖项。

"淅沥沥的秋雨终于告停……"

淅沥沥的秋雨终于告停。
一个早起的路人行色匆匆。
一切依然如故！但这不是俄罗斯……
全然不是俄罗斯啊，我的上帝！

全是谎言！真理是双倍的谎言！
早起的路人在街角消失了踪影。
傍晚时他还会在那里重新出现，
直勾勾，醉醺醺，如同行尸走肉。

他会不摇不晃地出现在我面前，
故作清醒地用沙哑的喉咙说：
"哎，你，等一等！我们见过面！
你好像，从前在俄罗斯住过？"

他得意地朝消退的晚霞一笑，
仿佛虚空在迎接夜幕降临。
可还没等我回答，他就
如烟中的火焰，脸色变得阴沉。

"非尘世的世界穿过地心……"

非尘世的世界穿过地心，
冰冷的铃兰花炫然绽放。
一头削尖的山杨树棍刺向
遁入无边大地的阴影的胸膛。

灵魂竭尽全力，希望
永远保持自己的原样。
春天的山杨暗淡的叶子
透出一种非尘世的安详。

琴弦在雾中断成两截，
意外的疼痛刺穿心脏，
不需要灵魂的爱情向往
与灵魂厮守，相依相傍。

虚假的太阳

世界为过剩的死亡哀泣，
虚假的太阳在天空升起。
在周而复始的光的循环中
灵魂就要向人发出咒语。

赤脚的道路奄奄一息，
黑色的土地变成骨灰。
这是俄罗斯虚假的太阳
在用沼泽之火烘晒大地。

在无形的黑暗中，在水面上
隐隐现出冰的足迹。
树木挤在一起，逐渐撤离
日益涸浅的黑色水域。

虚假的太阳——狂怒的光！
但失明的人还在抬腕看表。
生与死将不朽作为添秤
扔在空无一物的天平上。

命运

一棵白桦树斜倚着一根立柱，
山坡上迎面吹来夜晚的沙尘。
孤独的车轮发出隆隆的轰鸣，
可生命仍在守护自己的命运。

新世纪充满了血腥的繁荣，
却听不到最后的号角之声。
枯瘦的铁轨在轰鸣和尖叫，
命运依然在守护这一生命。

一个挨打的男人在窗下呜咽，
咒骂一个满脸横肉的恶人……
我这个傻瓜则委屈地诅咒命运，
仿佛是命运有意将我选中。

在电话亭里

我在打电话，拨号码。

我试图打通，

可老没人接。

我打了半辈子电话。我总是忘记自己。

有人用硬币

胆怯地敲打玻璃。

亭子里有股刺鼻的恶臭，

是尿和呕吐物的气味。

我的耳朵只听得见忙音。

拨号拨得手指发疼。

眼看就要打通了，

不知是什么人

用硬币使劲地敲打玻璃。

大惊小怪，大惊小怪!

等一等，天塌不下来!

眼看我就要打通

寸步不离的命运。

等我离开时

（你干嘛狠命地拽门？！）

随你怎么打——我会给你回音。

瓦连京·戈卢别夫

　　瓦连京·戈卢别夫（Валентин Голубев, 1948—），
生于列宁格勒州索斯诺瓦亚波良纳镇。诗人。
中学毕业后曾就学于技术学校和国立列宁格勒
大学，曾在工厂担任钳工和车间主任。1964年
开始发表诗歌作品，许多作品发表于《阿芙乐
尔》《学生子午线》等杂志，并收入各种文集和
文选。曾出席第六次全苏青年作家研讨会（1975
年）。1990年加入俄罗斯作家协会。

"在奥赫塔公墓的礼拜堂里……"

在奥赫塔公墓的礼拜堂里
一个半醉半醒的执事在唱祷，
他嗓音圆润，若不是因为疼痛，
他肯定会唱得比现在更好。

从一早他就在唱安魂弥撒，
但别人的施舍并不让他兴奋。
另一些声音更响亮，在召唤他
赶快上路，走向天国的大门。

他累了。勉强出来做日祷。
仆役挖苦道："你得挺着……
让先来的人排在后面……"——
仆役在支配他的嗓子和生活。

沉睡中他梦见一个幻影，
上帝并没有对他大发雷霆，
跟我们大家一样，他
才华横溢，可惜生不逢辰。

这样的情景越来越常见：
仆役站在门口唯恐天下不乱，
不讲秩序，不讲公平，
谁有本事谁就可以往前面钻。

真有人恬不知耻胆大妄为，
都是受了讨厌的妇人蛊惑，
就让后到的人排在前面吧①，
反正我们已经当过先来者。

我们将平等地离开人世，
我们将到达天国的门槛——
不早，不晚，正逢其时，
当上帝向我们发出召唤。

俄罗斯当代诗选

---

① 此处一语双关。语出《马太福音》第十九章三十节和《马可福音》第十章
三十一节："然而有许多在前的，将要在后；在后的，将要在前。"

弗拉基米尔·博亚利诺夫

弗拉基米尔·博亚利诺夫（Владимир Бояри-нов，1948—），生于哈萨克斯坦，毕业于托木斯克理工学院、高尔基文学院。当过建筑师、中学教师、出版社编辑。现任俄罗斯作协莫斯科分会主席。1968年开始发表作品，著有诗集《已经翻过山越过岭》（1984）、《亲人》（1986）、《我再等一等》（2016）等。获多种文学奖。

"寒星陨落……"

寒星陨落，
树叶飘落，言语失落——
明天还会再来，
一如既往，失而复得。

失而复得，再简单不过：
鸟儿夜半从巢中滑落，
消融于这茫茫夜色，
可明天还会在此地出没。

八月的夜

八月的夜飘着蜜香，
八月的天空湛蓝异常。
寂静的河流和花园上方
笼罩着八月金色的安详。
星星在花楸树上空朗照，
道路和原野沉酣于梦乡。
姗姗来迟的浪游人身后
是永不熄灭的故乡之光！

弗拉基米尔·博亚利诺夫

"多么令人惊叹的海岸……"

多么令人惊叹的海岸！
正午的太阳也驻足俯望！
着了迷。多美的绿地！
世上再没有更美的地方。

看这芳草，青青芳草！
看这林中直刺云霄——
直刺云霄的参天大树！
每棵橡树都无比俊俏！

住在这里的都是好人，
能歌善舞，敢作敢当。
只要一个人起了头，
整个俄罗斯都会跟唱！

我不记得

我不记得当初如何，
我不知道结局怎样。
我无上幸福地躺在码头上，
一如儿时躺在温暖的门廊。

我跟一只迷路的瓢虫玩耍，
我追逐着带咸味的浪花，
我爱这海岸，以最后的爱，
因为这海岸就是我的家。

我拥抱滚烫的沙地，
肩头感觉既疼痛又美好。
我不知道我最终会怎样——
我不知道，也不想知道。

弗拉基米尔·博亚利诺夫

狠毒的命运

为了进入平行的宇宙
去寻找那只火烈鸟，
就得做个十足的傻瓜，
发疯的时间就得提早。

那里有月亮的铃鼓照耀，
鼓声顺着月光从天而降。
那里在歌唱，而我在发疯，
那里在流泪，而我在飞翔。

狠毒的命运在阴阳交界处
醉醺醺地手舞足蹈，
她哈哈大笑："给自由者自由，
可给你的是爱情和镣铐！"

我沉下脸来仔细一瞧，
禁不住笑得前仰后合：
"你还不知道吧，傻瓜，
这些我正好求之不得！"

不幸之诗

亲爱的，不幸之诗以其如银之声
崛起在一片废墟之上，
总共只发出一刹那的铿锵
它的寿命比我长那么一个刹那。

你听见：它在院墙外痛哭，
在被如此这般苦涩地打开的时候，
偷偷地用雨衣的衣襟揩擦鼻涕，
用袖口擦拭眼泪。

告诉无上幸福的它吧："亲爱的，
上天总共给了我们一刹那的时间，
而这一刹那将持续多久——
上帝知道，还有我们的俄罗斯语言。"

伊万·日丹诺夫

伊万·日丹诺夫（Иван Жданов，1948—），元喻主义（又称元现实主义）诗派代表之一。生于阿尔泰边疆区农村家庭，16岁即参加工作，在电机厂当工人，通过上夜校中学毕业。曾就读于莫斯科大学新闻系，中途被开除，转赴巴尔瑙师范学院完成学业。参加过作协莫斯科分会的创作培训班。1967年开始发表作品，1982年出版第一本诗集《肖像》，一举成名。另著有诗集《没有破开的天空》（1990）、《大地的所在》（1991）、《熄灭的火焰还在》（1993）以及诗歌合集多种，获得过包括普希金奖在内的几乎所有诗歌奖项。

窗门洞开……

淹没在雨的海洋中的月镰
用它那两只锋利的尖角
把那些无名的、有去无回的死者刺伤。
他们不知道他们已被忘却，
如火光在无人过问的村庄游荡，
每逢深夜，便在电话里发出沙沙声响。

窗门洞开，应该把它们锁上。
他们哪里知道，这里无人
照看被他们遗弃的宇宙。
自从他们离去，他们走过的那条路
便脱离了地面，悬在空中——
只有遍地的月光在此停留。

横亘在他们和我们面前的不是嫉妒，而是鸿沟，
不是突如其来的疲惫的黑幕，
而是忘却的速度——竟然如此之快。
但灵魂会重新说话，从一个无名的所在，
神圣的光环会化为熠熠生辉的镰刀，
复活的哭泣会在四周踟蹰，徘徊。

犹大的哭

犹大一哭——必有大难！
他会把无罪之罪的烙印
重新放置在水面上，
于是诗句使鱼儿失聪。
犹大一哭——必有大难！
他的影子倒映在水里。
于是波涛震动翅膀，
石头用腮呼吸，
纷纷随他而去。
苍天长出鳞，
被泪水吞没的烟雾
变成大地。

犹大一哭——必有大难！
为了超越基督的悲怆，
他奔向自己的星星，
却感到：那里空空荡荡。
上面没有光，没有热，
只有潮湿霉变的灰烬。
它不是血也不是水，

无论谁，都永远无法
用它将罪恶洗刷净尽。
只好把诗句的责难，
如同火热的低吟
纳入自己的嗓音。

133

"爱情，犹如蝙蝠……"

爱情，犹如蝙蝠，在
将相爱的人连成一体的细弦间，
在难以忍受的黑暗中滑行。

这里是降雪的敏感的乐器，
我们乐意在突然间
见到黑白琴键的闪动。

我和你生活在钢琴里面，
我们用琴键和雪建造家园。
蝙蝠的翅膀会把我们遮掩。
感谢上帝，窗户还没造好——
让宇宙和时间照耀我们吧，
我们宁愿浑然不觉，毫不知晓。

我们乐意相互拯救，相互亲吻，
彼此保持完整，除此别无他求，
但光明迸现——琴弦会奏出乐音。
蝙蝠的翅膀触动了它们，
融雪的激流冲走了它们，

窗外的鸟群飞进我们的屋中。

但爱情因错误而美好。
翅膀形成了肉体和血液，
如今它们只是梦的标志。
爱情，犹如蝙蝠，往来穿梭，
神秘的花纹走向终结——
那是降雪的谱记。
黑白琴键的上下翻飞
此时独自发出低吟，
撇开我们所不需要的音乐。

"石头在这里或别处的地下游动……"

石头在这里或别处的地下游动，——
黄金时代的残片，游戏和人群的守护，
然而，它从你的脚下拔出一条路，
并让它通向上方，成为一条燃烧的火柱。

我并非四处游荡的贼，并没窃取自由，
也没像倒沙子般将灵魂往酒中倾注，
但我会感到羞愧，假如我只知道：
从外看是十字架，从内看乃是窗户。

无法挽留的东西，你永远无法打碎，
陌生的光会给你的眼睛授粉，
会让时光倒流，让未来的黄金时代
映现在你面前，簇拥在万花丛中。

对地球上的每个人来说，月亮比血液更近，
月亮家族与人的数量同步增长。
你会看见：在街道和平地的头上，
月亮的风景排成楔形，像南飞的大雁一样。

"晚熟的苹果不入眠……"

晚熟的苹果不入眠，
被盗的云彩不消散——
它向另外一些时间飞去，
而在这些时间里盘旋。

犹如自由自在的天堂，
它不可理解，令人想到：
深受荣誉牵累的宇宙
曾经是自上而下的创造。

当空气的缺席养育的
不是飞向彼处的云彩，
而是盘旋于此地的云彩，
空气就会东倒西歪。

伊万·日丹诺夫

受洗

灵魂走向空无，天空走向残损，
看，已经有一只手掌夹在群星中间。
啊，真想把它们抖掉！没人知道我。
似乎我不存在。没人等待我。
钟表走得快，砰地掉在地上。
真想把房子翻个底朝天——但却摸不到底。
似乎我不存在。我的听觉随声而去，
但声音消失在黑夜，剥夺了时间的梦。
真希望听觉能咬死声音，就像捕猎时咬死狼，
将血淋淋的手指插进它的心脏。
但声音化为乌有。看，它单调地
支撑在阴影中，在虚无的深渊中。
树叶蜿蜒飘落，钻进皮肤。
四周如此黑暗，都无法睁开眼睛。
真想触摸一下自己。我用听觉惊扰黑夜，
可是不成，黑夜静下来，丝毫不肯相信。
在大地的某处，在我出生以前，
在我发出喊叫以前，听话的落叶
领会了我的呼吸，这已是我的得救。
世上没有我。落叶知道：将有喊叫。

水没有哗哗作响，仿佛是在倾听
半入眠的鱼儿们的谈话，
忽而似无言的激情流过我的全身，
忽而用手指恐吓既聋又哑的血液。
我的体内大河奔涌，有如既聋又哑的血液。
一个仪式在举行——人们在河水中为落叶施洗，
而落叶向听觉飞去，尚未意识到
听觉会烧毁它，使它有去无回。

亚历山大·叶廖缅科

亚历山大·叶廖缅科（Александр Еременко，1950—），生于阿尔泰。曾在海军服役，当过水手、建筑工人、司炉。1974年迁居莫斯科。曾就读于高尔基文学院函授部，但未毕业。

十八岁时开始写诗，但真正的严肃创作诗人自称始于1975年。1990年出版首部诗集《对材料力学的补充》。作品散见于各类期刊，出版诗集10余部。为元现实主义（元喻主义）代表人物之一。

"在茂密的金属的森林中……"

在茂密的金属的森林中，
在叶绿素产生的地方，
一片叶子飘落。秋天到了，
在茂密的金属的森林中。

在那里，春季到来之前
运油车、果蝇均深陷苍穹。
一种均匀的作用力握紧它们，
它们止步于被压扁的时光。

最后一张照片坏掉并被切割。
上面一根倒垂的秋天的枝头
被一枚文具别针别住，

悬挂着，并用脑袋思考：
为何要费这么大的力气
给它安装一只战地望远镜！

"当代码被误打误撞地破解……"

当代码被误打误撞地破解，
一个精灵在快速通道之上
一分为二，痛苦地在民众头顶
游向一个写着"入口"的标牌。

任何系统都要容于一个代码。
大区位代码会在运行中生成。
夜间机械在橱柜后面啸叫，
二极管在白色灵魂中绽放。

瞧这小小的花园。后面是菜园。
菜园外，不到一年的光景，
一棵高大的稠李树，白色的稠李树
拔地而起，像氢一样茁壮成长。

俄罗斯当代诗选

"我与曼德尔施塔姆……"

我与曼德尔施塔姆在库尔斯克弧形带喝酒。
炮弹和地雷的爆炸声在耳边呼啸、轰鸣。
他把铁酒盅紧握在手中,
并用玛丽娜的鲜花痛哭失声。

帕斯捷尔纳克在战壕里爬了过来,
他肚皮贴地,凑近说道:
"田野啊,是谁把你,把你给种了,
可是那些头发灰白的少校?"

缴获来的蜡烛照亮了掩蔽所,
我们睡眼朦胧地相互拥抱。
周围的空间摇晃着,散发着尿臭——
不知道这里还有孩子的摇篮。

米哈伊尔·巴拉绍夫

米哈伊尔·巴拉绍夫（**Михаил Балашов**, 1948—），生于乌法，俄罗斯作协会员，著有诗集《月亮最后的四分之一》（1999）、《缓燃导火线》（2004）等。

大自然与我们

圣彼得堡。没有冬天和夏天，
只有四个潮湿发霉司空见惯的秋天。
也许是一百个———年中数不胜数，
在我的首都，在涅瓦河灰色的两岸。

从冰雪到泥泞，再从泥泞到冰雪。
发疯的世纪，慌乱的年月。
列宁格勒又变成了彼得堡，
围困时期的口粮便成了抢手货。

而旁边——贵族老爷们，淋浴器拍卖。
登记和标签混淆不清。
但这是彼得堡，不是巴比伦。
我将为泥泞付账。不欠分文。

他们打了我们的人

自行车挂在走廊的墙上。
电话机旁——"公用的"铅笔。
连快乐和痛苦也是公用的……
如今这一切已了无踪迹。

互相救济。有过争吵。
有过种种不快，种种难堪。
但有种共同的精神。还有
每晚厨房里的交谈。话题不限。

忘不了那些共同的年月，
那朦胧的灯罩，舒畅的心情。
也忘不了屋子里的气氛，
当消息传来："他们打了我们的人……"

似乎一切早已堕入忘川。
没有人会把信箱叫作钱盒。
我迷信地在此投了硬币
便返回。可没有人等我。

尼古拉·阿斯塔菲耶夫

尼古拉·阿斯塔菲耶夫（Николай Астафьев，1949—），生于列宁格勒。1973年毕业于国立列宁格勒大学，曾在军队服役。从事过地质工作。后第二次应征入伍进铁道兵部队，去贝阿铁路东段，在《战斗召唤报》任职。1979年返回列宁格勒后在矿业学院从事学术工作。1997年加入圣彼得堡记者协会。1999年加入俄罗斯作家协会。

宫廷广场

他们要洗去记忆……
但一次又一次
记忆中渗漏出
汗水和血迹，——
演说家的眼睛，
我们的脸孔，
还有方布上那副
忧郁的面孔……

他们要洗去记忆，
就像是洗刷画布。
而今——
他们把所有的人
都叫到广场上，
在天使和十字架的庇护下
谴责犹大，
寻找基督！

洪水

涅瓦河进城是拾级而上，
在秋季的某一天突然行动，
伴随着波罗的海的狂风，倾盆而下的暴雨，
雨水与河水在脚下混合，让人难以分清。
涅瓦河将每一条运河注满，
她自己都不明白她干的是啥事情，
不过，一旦遇到那些陌生的堤岸，
狂暴的河流最终还是要归于平静。

尼古拉·阿斯塔菲耶夫

叶菲姆·别尔申

　　叶菲姆·别尔申（Ефим Бершин，1951—），生于蒂拉斯波尔，毕业于莫斯科大学新闻系，先后在《红旗》《苏联马戏》和《文学报》报社工作。1981年开始发表作品，著有诗集《彼乔拉河上的雪》（1982）、《弹片的独白》（1998）等。

俄罗斯

俄罗斯。

雨。

九月初。

囊中羞涩。

莫斯科从身边飞驰而过。

直抵云端的白杨慷慨赴死，

仿佛耶路撒冷燃烧的圣殿。

荒野。

犹太。

喀新风灼人。

救世主降临。

思想之死。

救世主蒙难。

俄罗斯的蓝

在犹太天空下

凝固。

名字和时间都化为碎片。

遍地燃烧的火堆。

手足相残，同室操戈。
一场犹太战争
在阿尔巴特大街小巷点燃。

朝向喀西马尼园的窗户在哀嚎。
莫斯科到处是乞丐和野犬。
流浪人在栅栏边上扎堆，
企图用圣经的眼睛划破这黑暗。

从博罗维茨门①到示剑门②
所有人——从妓女到朝圣者——
都在无声地望着被颠覆的罗马
濒死的喘息怎样把马路掀翻。

匪夷所思的国家怎样
把酒徒、小偷和撒谎者
那些几乎丧失理性的人
插在橛子上，又跟傻狗一样大哭。

然后忘却。
为安慰的圣愚
不计其数。

---

① 莫斯科克里姆林宫城门。
② 耶路撒冷城门。

就这么忘了，
如同将泪滴
从面颊拭去，
忘却了不幸。

我也会忘记，
莫斯科的烟霾，
喀新风炽热的拥抱。
没有祖国，没有圣殿——只有上帝！
还有那位生下儿子的妇女。

那位妇女，
好似全身是血的天使
踉跄着走向蔑视和皮鞭，
然后用爱的旧伤痕
连接起绵绵世纪的呼吸。

我沿着俄罗斯
唾迹斑斑的雪地
独自走向橄榄山。
上帝啊，我的双脚那么温暖！
我熔化的喉咙那么冰冷！

犹太人和斯拉夫人多么友爱，
那些双手沾满血污的屠夫们，

那位思想的主宰，
还有那位曾被驱逐的人①，
还有那位也想成为先知的人，

还有骑着慢吞吞的毛驴的义人，
还有来自大祭司园子的差役——
已经为同一个行当聚到一起，
给误入歧途的犹太人准备十字架。

① 指施洗者约翰，在伯大尼被逐。

"世界已经不押韵……"

世界已经不押韵。上帝
不与深邃的天空押韵。
在波涛中迷失的小船
不与港口和房屋押韵。

在地面扫荡的龙卷风
不与春天的太阳押韵，
一如积雪不与水滴押韵，
一如死亡不与复活押韵。

我已经不与你押韵，
就像沙发和昨日的玩偶。
你可听见我的哀号，
通过工厂的烟囱和厨房的窗口？

水漫金山了。水从窟窿里——
从沙发、椅子、地板里喷出。
世界已经不押韵。世界——
这是归于寂寥的原野的虚无。

柳德米拉·阿巴耶娃

柳德米拉·阿巴耶娃（Людмила Абаева，1951—2012），诗人，翻译家。生于彼尔姆州的煤城基泽拉市，中学毕业后先后在列宁格勒和乌法生活，做过记者。1983年毕业于高尔基文学院。自幼习诗，1969年发表处女作。著有诗集《从绿到赭》（1983）、《梦与鸟》（2010）等。曾任俄罗斯作协（民主派）理事会书记、俄罗斯文学基金会主席团成员。获得过文化部肖洛霍夫奖章、特瓦尔多夫斯基奖章。

雪

沉重的雾霭从高山走下，
让我们放弃无望的谈话。

没有雀儿啁啾，没有落叶颤抖，
只有奇怪的惆怅栖息在心头。

苍茫的雪野沉默不语，一望无垠，
我们仿佛被活埋，活埋于自身。

而耀眼的雪花依旧在欢快地飘洒，
我凝视自己，像凝视过去的年华。

"一切不曾有归属，且会依然如故……"

一切不曾有归属，且会依然如故——
没来由的苦恼，没标识的空间
无法付诸语言，即使吟唱
这诸多漫长的夏天也是枉然，
当瞬间，如枝头的震颤，
如掌上啄食的鸟儿受惊，
突然触及这样的痛处，
发出这样的响声……
舌头失去了言语的能力，
仿佛走了调的夜莺。

两人

林中的树叶已经开始清除，
好为一个新人腾出一条路……
尽管争吵已经成为习惯，
他们还是企图将对方留住。
他们像孩子般容易动怒，
不知不觉便超越了限度，
当他们将衣服脱到私处，
这才发现：彼此身上空无一物……

柳德米拉·阿巴耶娃

"没有构想，没有拯救……"

创造中没有创造者……

——丘特切夫

没有构想，没有拯救。
我们永远孑然一身。
自然的桂冠是创造的蛆虫：
在世俗的海洋中，人
既是行将毁灭的轮船，
又是逃离轮船的硕鼠。
他将沉入海底，
万劫不复。

我承受不了这样的重负——
双重的生命和双重的死亡。
坚无不摧的时间
在我的体内流淌。

亚历山大·坦科夫

亚历山大·坦科夫（Александр Танков，1953—），居住于彼得堡，俄罗斯作家协会会员，著有诗集《雪的名字》（1993）、《用那种语言》（1998）等。

"从西南方吹来的风挤不出眼泪……"

从西南方吹来的风挤不出眼泪，
讲不出驱谴黑夜的童话，唱不出摇篮曲。
你学会了爱，如同学会一门死的语言，
而它会复活，你也会忘记自己的名字。
颤抖的手指不知折断了多少根火柴，
"啜饮我的心吧，"你会说，"这是美酒。"
冰下流动着这么多来自西南方的死亡，
以致我们早已忘却了春天的名字。
还有许许多多的名字我们忘却了……
电话号簿如同苏美尔阿卡德词典。
英明的领袖和导师一月同志
在皑皑白雪中丢失了所有十二个部落。
生命总共只剩下三口，
大门里的暖气片是我们全部的热量，
但幸运的是，爱情可以摆摊出售，
我伸出手，顿时感到浑身轻松。

"我这是突然怎么了，简直要发疯……"

我这是突然怎么了，简直要发疯。

暗淡的天空，三月恶毒的薄冰。

这些破旧的、斑驳的楼房

挤靠在一起，已经冻僵。喉咙堵得慌。

不知是神经出了问题，还是爱情在作怪，

抑或春天就是这样。打一月伊始

便开始解冻，不停地感冒。我这是突然怎么了？

心中有什么东西撕裂开来。似乎都白活了。

身后留下了什么？微不足道的劳动时光，

没什么值得留恋……走出去，但见——

三月的寒冷的傍晚，融化的灯火

运河冰面上的垃圾……我这是突然怎么了？

安德列·弗洛罗夫

安德列·弗洛罗夫（Андрей Флоров，1952—），毕业于列宁格勒理工学院，当过钳工、报务员、水泥工、木匠、工程师，彼得堡乐团总工程师。

1983年开始发表作品，著有诗集《倒算》（1993）、《地点因素》（1998）等。

饮酒者的故事

"此人喝酒是因为他喝酒是因为他喝酒……"
"那位呢？"
"他喝酒是因为他怀有一种精神渴望。"
"这位呢？"
"他喝酒是因为他知道有朝一日会死去。"
"那你呢？"
"我喝酒是因为怕他们没我做伴会孤单寂寞。"

"第一位是个酒徒，傻瓜：生活全毁了，
汽车，情妇，别墅——统统喝个精光；
他甚至轻易贱卖了珍贵的布罗克豪斯大百科。
老婆抛弃了他，唯一的朋友诅咒他。"

"第二位呢？"
"这位，真不可思议，竟然认识布罗茨基，
年纪轻轻就在诗坛崭露头角……"
"结果怎样？"
"一无所成。他害怕拿自己的才华去冒险。
而如今，是江郎才尽，韶光难再。"

安德列·弗洛罗夫

"第三位呢？"

"第三位……他简直让人恐怖，
执著地期待着永恒，与此同时
又希望能像丧家犬一样休息一下，
只要不被发现，不感到痛苦。"

"那么你呢？"
"我怎么啦？咳，我喝酒是因为我喝酒；
是因为我怀有一种精神渴望；
是因为死亡太可怕，生命我又不热爱……
而最主要是因为可怜这些人……
没有我，他们怎么受得了？"

"你们好，你们好，是我呀……"

"你们好，你们好，是我呀。"

"是你，是你又如何？

我们又没邀请你，你来未免唐突……"

"怎么会呢？我们是一起的。你们……"

接下来是——嗓子失音发作。

"你们好。"

"你们好。"

"是我呀。"

"我们看见了：是你。

你没打招呼就来，有何贵干？"

"是你们自己叫我来的嘛……"

接下来是——耳朵失聪发作。

"你好，你好，是我呀。我给你带来鲜花。"

"看见了吧，竟有这样的事。我早就想说了……

认识一下吧，这是巴沙……"

接下来是——眼睛失明发作。

"你们好……我在哪儿？我怎么了？这腐烂的绷带，

这恐怖的气味，痛苦的气味。"

"你怎么还没明白？

这是八人间的病房……"

接下来是——发作。

"你好，上帝，这是我。我来了……"

"啊，这是你吗？

你来这里有何贵干？我们可没等你。

你没打招呼就来，未免有些唐突。"

"接下来我会怎样？"

"接下来会怎样？真是单纯的好样板！

接下来只有漫长的失明——失聪——失音大发作。"

尤里·波利亚科夫

尤里·波利亚科夫（**Юрий Поляков**, 1954—），生于莫斯科，毕业于莫斯科州立师范学院语文系，语文学副博士。曾在共青团组织工作，担任过俄罗斯联邦作家协会莫斯科分会团委书记，《莫斯科文学家报》编辑。现任《文学报》主编。以小说和戏剧著称，著有《羊奶烹羊羔》《无望的逃离》等，也写诗。

考古学家

很有可能，未来的考古学家
面对千辛万苦开掘出的
我们时代的文物，
会在科学报告里
写下这样的话：
"这是一个特别有趣的国家，
疆域辽阔，
横跨欧亚。
她在自己的身后
留下数以万计的
武装人员的雕像。
可以推断，
这是一种
极其残酷
而又非常好战的文明。"
他会这样议论我们，
议论那个
历经外侮、战火和围困
才勉强存活下来的
苏维埃联盟……

镜 前

有时我会暗自想象
躺在灵床上的我,
简单些说,躺在棺材里的我
会是什么模样。
我站在镜子前,
放松面部肌肉,
眯缝起眼睑,只留一条缝,
再大大地咧开嘴角,
死人做公鸡微笑状。
为了确信无疑,
最好完全闭上眼睛,
可那样的话
镜子里就会见不到我……

"春天的新草……"

春天的新草
不会出现在不毛之地上。
开始是
在去年的草茎中间
脱出一片嫩绿的幼芽。
然后
过去这个夏天的
褐色枯草
与新的幼芽缠绕在一起。
最后
再过一周、两周——
去年的细绒毛
就会完全埋没在
新的杂草蔓生的
小小丛林。
……我以植物为例，
给女儿讲解
大地上的人
如何代代更替，
生生不息。

"端详着这个……"

端详着这个
无师自通的印度人，
这个面颊肥阔的
廖利赫的追随者，
这个新信仰的
先知，
我惊讶不已：
他以怎样的决绝，
以怎样的恶能，
以怎样的不妥协精神
获得了这一权利——
成为这个最为良善的
宗教
最为坚定的守护人。

尤里·波利亚科夫

在火车站

广播里说就要发车了，
远处亮起一只绿色的眼睛，
可我们俩还站在车站里，
没注意到这是最后一次提醒。

我们只管自己说话……说什么，
竟至于如此聚精会神！
我们彼此——唉——欲罢不能啊，
至少我爱得还不够深沉。

正因如此你在我的命运中
意义非同寻常……当我身处逆境，
你总说："凡事都有峰回路转！"
我则心中默念："定会柳暗花明……"

纵使换个人一切会更加幸福，
也难免内心苦涩，无论怎么嘴硬：
对于每一次爱情都应该
单独投入一次生命——这才公平！

答一位前线老兵

作为不曾沐浴四十年代战火、
内心在太平中长大的一代人，
我们自然会用另一种阳光
看待这场史无前例的战争。

我们是通过一些零星难解的故事
了解到胜利的代价多么惨痛。
因此不妨用我们的理智
去体会一下这苦难的历程。

我们有义务独自去弄清楚
和平承受了怎样的创伤。
……我们自然会有另一种眼光——
同样饱含着泪水的眼光。

帖木儿·吉比罗夫

帖木儿·吉比罗夫（**Тимур Кибиров**, 1955—），观念主义代表人物之一，"互文诗"的集大成者。

生于乌克兰一军官家庭，毕业于莫斯科州立师范学院，在电视台和广播电台工作过，从事过诗歌翻译，1995年加入俄罗斯笔会（2017年退出），1997年出任《文学评论》编委，1998年担任《普希金》主编。

20世纪80年代末开始发表作品，是位多产诗人。有人说，吉比罗夫的诗歌不是以篇计，而是以"集"计，可见其笔耕之勤，产量之高。已出版的主要作品有《新瓶旧酒》（1990）、《爱情诗》（1993）、《感伤集》（1994）、《列宁小时候》（1995）、《改编曲》（1997）、《私人抒情诗》（1998）、《记谱法：新作集》（1999）、《拉达，或快乐》（2010）、《该是考虑灵魂的时候了》（2014）等数十部。

新年好

在不可避免的死亡的背景上
让我们彼此拥抱吧，
在愚蠢与死亡的怀抱里
让我们柔弱的双手相握吧。
我浑身发抖，娇小的赫尔达，
在这愚蠢的永恒中间，
在这发霉的虚空中间，
在这并不可靠的苍穹下面。
群魔乱舞，鬼影幢幢。
我徒劳地鼓足勇气，
为了最终能敢于说声"呸！"
为了最终能将死神拒之门外。
在这不可避免的背景上，
在强大的继母的怀抱里，
在这并不可靠的苍穹下面——

让我们彼此拥抱吧。
让我们抓住某种东西吧。

乡村

罗斯如汤姆·索亚，

不回答……

或许，又在准备

胡作非为……仲夏。

戈古申绝望地在柳荫下

钓鱼。白发苍苍的曼卡·拉普捷娃

扯着嗓子骂娘。黎明

已姗姗来迟，夜也更加漫长。

窗下鲁勃佐夫的浆果树

日渐枯黄，让百舌鸟欣喜异常。

一个块头不大的长角的畜生

呆立在商店近旁的空地上，

于是韵脚出现了——木卫五。

年高望重的经济学家马·库尔久科夫

与国家杜马议员在俄罗斯公共电视台上

争吵不休。"瞧这些寄生虫！"

——

彼得·乌克苏索夫一边调频道，

一边闷闷不乐地说。不过彼得罗西扬的幽默

倒是马上让他恼怒的头脑冷静不少。

看，一辆日古丽九型轿车
正在我们狭窄的马路上风驰电掣。
嘿，飞鸟一般的日古丽九型轿车！
是谁琢磨出了你？哪个俄罗斯人，
哪个新俄罗斯人不在追求
让世界上的一切都退避三舍！
然而又见宁静，平川，百灵鸟，
骑着摩托自行车的微醉的男子，
还有脏话，没完没了的连珠炮，
我这个提心吊胆又游手好闲的密探
像一条不会伤人的蛇躲在暗处观瞧。
在这里，我无意诱惑任何人。
而且，大概也没有这个必要。

帖木儿·吉比罗夫

"像纳博科夫和拜伦四处漂泊……"

像纳博科夫和拜伦四处漂泊，
任何时候都无所畏惧，
对所有人都予以无情嘲笑——
我当年就想成为这样的人。
即便现在有时还这样想。
可粗野越来越令我害怕，
愚蠢几乎让我笑不出来，
来来往往的火车徒劳地歌唱——
我已经不会逃往任何地方。
因为时光已经悄然溜走，
我已经学会与世无争。
我终于被完全驯化，
终于忘记了如何鄙视别人。
敏锐的批评家所言不谬，
我这个连斯基确已老朽。

俄罗斯当代诗选

"用头脑理解不了俄罗斯……"

用头脑理解不了俄罗斯①——

一如法兰西，西班牙，

尼日利亚，柬埔寨，丹麦，

乌拉尔图②，迦太基，不列颠，

罗马，奥匈帝国，阿尔巴尼亚——

全都有着与众不同的身材。

对俄罗斯只能信仰？

不，可以信仰的只有上帝。

其余的一切——毫无希望。

无论用什么尺度来衡量，

我们反正都得到了很多：

在俄罗斯只是可以生活。

可以报效沙皇和祖国。

---

① 丘特切夫有诗："用头脑理解不了俄罗斯，一般的尺度衡量不了俄罗斯，
俄罗斯的身材有些特别，对俄罗斯只能信而不疑。"

② 公元前9—6世纪外高加索一奴隶制国家。

成绩报告单

其实我不喜欢生活。
我喜欢回忆。
但回忆又难免走样，
老是想编歌，
也就是说撒谎。
撒谎，杜撰，
编歌，
责任同样可以编。
努力——及格。
生活——不及格。
唱歌——五减。

"为客观我们在笔记本中记下……"

为客观我们在笔记本中记下：

人皆畜生，死亡不可抗拒。

我们多余为无穷

或处女的会阴着迷。

周围尽是绝望，绝望丛生。

不过，为基督我在同一笔记本中写道：

没有必要吧，我真诚的朋友！

旋风如离心机一般打转，

难以忍受的黑暗如虎踞龙盘……

我温柔的天使啊，温柔的天使！

"我们该驶向何处？波德莱尔和玛丽娜⋯⋯"

我们该驶向何处？波德莱尔和玛丽娜
为我们指明了道路。可是朋友们啊，
不知为什么我还不想死。你看
小猫卡捷琳娜正企图和灰毛的牧羊犬玩耍。
好玩不是？你看这本关于莎士比亚的书
在向我证明：根本不是莎士比亚
（更不可能是傻歌唱家比塞尔·吉洛夫）
曾几何时问过"生存还是死亡？"，
而是某个叫莱特伦德的伯爵。有趣不是？
你再看——丘拜斯！你再看——真够精彩！——
《真理报》竟然祝贺我们圣诞快乐！
不，我最好等一等——为了思考和受苦。
是这样吗，我年轻的朋友？还是"乐趣"节目
臃肿的主持人给了我正确的忠告：
别在这凶恶的世界面前卑躬屈膝。
笑一个吧，朋友！好笑不是？
可怕不是？危险不是？
丝毫不会让人感到寂寞！确切说是神秘。
不是说好，不是说妙——

一切都令人不可思议且日渐古怪。

"过来，过来！"——停下吧！真的厌倦了。

过来，过来，我的朋友！自己欣赏一下吧，

这朗朗世界多么纷繁复杂，多姿多彩。

而另一个世界如何，我们只能自己去领略！

懒惰母亲会拯救我们。酩酊父亲会安慰我们。

主人公姐姐会给我们铺好被褥。

还是那幅图画！人依旧，物依旧。

情节不伦不类。伯加索斯一筹莫展。

然而——别把视线移开！有多少细微的差别

我们从前不知，现在依然不晓！

当然要"生存"喽！天地多么广阔！

只恨人生短暂。行行好，别折腾啦！

既然我们的生命就像火车站的餐馆，

只供我们享用一时——那又何必急于买单？

我要吃饱喝足，还要面带告别的微笑，

结一下账，再给自己要一些美酒佳肴。

会有什么人不由自主地与我分享热望。

如若不然——请自便。有什么可说的？

世上有幸福。只是安宁和自由

不知为何我还有没有碰到。我们何处见鬼去？

瓦莲京娜·叶菲莫夫斯卡娅

　　瓦莲京娜·叶菲莫夫斯卡娅（Валентина Ефи-
мовская，1957—），生于列宁格勒。毕业于列宁
格勒电影工程学院戏剧和电影音响导演专业。曾
在广播电台任职。策划过一系列颂扬诗人、文化
工作者、圣彼得堡近郊风貌和俄罗斯往昔历史的
广播节目。1993年首次发表诗作，其诗歌和文章
大都在圣彼得堡各大报纸杂志刊载。1999年加入
俄罗斯作家协会。

"我的灵魂在希望中窒息……"

我的灵魂在希望中窒息，
当一艘艘巨轮驶进涅瓦河！
我觉得，它们烧的重油
是大地淌出的热乎乎的血。

上帝保佑，让海湾上方，
让彼得堡的林荫道和广场
散发的不是汉堡包和啤酒味，
而是新巨轮的甜美芳香！

两条河

在那里，在上帝和彼得大帝
建造了海军部风向标的地方，
涅瓦河与涅瓦大街的河床
几可说是通过安德烈十字架
交汇在一起——这是给
彼得堡人的一个东正教信号！
别相信从西方吹来的风！
彼得的城啊，你要挺住——
只要这两条河岸上的
宫殿和教堂还没有倒下！

鲍里斯·奥尔洛夫

鲍里斯·奥尔洛夫（Борис Орлов, 1955—），
生于拉夫尔州日维季耶沃村。1977年毕业于捷尔
仁斯基高级海军工程学校，1985年毕业于高尔基
文学院。1972年开始发表作品。曾在北方舰队服
役。经常在《涅瓦》《星》《青春》等刊物发表
作品。曾获"金短剑"等多种文学奖。1986年加
入俄罗斯作家协会。

"不是你的错……"

不是你的错，
不是我的错。
但兄弟锒铛入狱，
亲家一命归西。

从前是兄弟，现在是邻居，
如今一切都跟从前背道而驰。
人与人之间住得比什么时候都近，
人与人之间离得比什么时候都远。

不是我的错，
不是你的错。
但这绝对是犯罪：
国家被肢解得支离破碎。

"我曾软弱可欺，我曾暗自垂泪……"

我曾软弱可欺，我曾暗自垂泪。
但为了不至于在泪水中沉沦下去，
我用欲望之火锤炼心儿，把它
铸成一把剑。如今它成了我的武器。

我不是躲在角落里看取神的世界，
我也不会降格到总是纠缠个人恩怨，
我把心儿高高举起反抗邪恶，
但"不许杀人！"永远是我的底线。

"我没有溺死猫崽……"

我没有溺死猫崽，
也没有猎杀动物，
但我仍算不上圣洁，
尽管我本可以更为善良。

我行过军礼，
却丢掉了整个国家。
我没能保护好一个女人，
使她免遭劫难。

我宽恕了敌人，
却没能拯救朋友，
最为重要的字句
总在无关紧要的字里行间。

弗拉基米尔·舍姆舒琴科

弗拉基米尔·舍姆舒琴科（Владимир Шем-шученко，1956—），生于卡拉干达市。毕业于基辅综合技术学院、诺里尔斯克工学院和高尔基文学院。曾在北极地区和哈萨克斯坦工作。1999年加入俄罗斯作家协会。曾荣获2000年国际诗歌大奖。已出版多本诗集。

"拉多加湖和奥涅加湖……"

拉多加湖和奥涅加湖——
天与水连成一线。
四轮马车不再吱嘎作响，
琴弦也不再轻弹。

拉多加湖和奥涅加湖——
头顶上的两颗星。
柳叶在岸边的烽火旁
发出窸窣的响声。

拉多加湖和奥涅加湖——
信仰、爱情和忧伤……
雪啊！多一些雪吧！
这才是俄罗斯形象。

"岁末将至，世纪轮回……"

岁末将至，世纪轮回。
无心写作，无力歌唱。
对我而言，雨非雨，雪非雪，
今天的太阳也不是太阳。

预示着黑暗的霓虹灯，
在萎靡不振的水洼中闪烁。
我胆战心惊地望着监狱，
像受到父亲惊吓般不知所措。

身体里跳荡着年轻的心，
却不知出路在何处——
雇来的射手，拉脱维亚人的子孙，
他在这里，在彼得堡踟蹰。

安德列·列勃罗夫

安德列·列勃罗夫（Андрей Ребров，1961—），
生于列宁格勒。诗人。圣彼得堡作家东正教协会
的组织者之一，1994年起任该协会执行书记。作
品常见于《罗斯》《阿芙乐尔》《祖国》《我们同
时代人》等杂志。1994年加入俄罗斯作家协会。
已出版两部诗集。

"尼古拉大教堂令人头晕目眩……"

尼古拉大教堂令人头晕目眩。
落叶的每一次循环中似乎都有
俄罗斯秋天的枫树家族
在客西马尼园的树枝上怒吼。

是你的信仰使然！不要悲伤！
是否确曾发生过那样的瞬间：
圣经中的天使安静地
端坐在一叠打湿的报纸上面？

涅瓦河的秋天里有这样的瞬间，
当这个城市在天空中旋转，
不同时间和空间的交汇
便直接发生在我们眼前。

"晚霞笼罩着多石的城市⋯⋯"

晚霞笼罩着多石的城市。
瓦兰人的涅瓦河上方
挂着雪花的教堂圆顶在燃烧
犹如俄罗斯爱的火炬一样。
在这多石的、火亮的夜晚，
我的目光投在石板路上，
但心中却如复活节的蜡烛，
燃烧着一座圆顶的教堂。

一个过路人瞥一眼以撒大教堂，
又朝我莞尔一笑，
于是，仿佛一片红晕透出皮肤，
在他乞丐般的脸上
清晰地映现在你，
彼得堡啊，
你明朗而神秘的
祷告的面庞！

达吉雅娜·皮斯卡廖娃

达吉雅娜·皮斯卡廖娃（Татьяна Пискарева，1961—），生于莫斯科，毕业于莫斯科大学新闻系，记者。2015年开始发表诗作，作品散见于《莫斯科》《文学报》等多种期刊和合集。

"一场雨的开始……"

一场雨的开始——
就是这最初的一滴，
里面有着全部的力，
全部的负重和光彩。

它在雾的压迫下
伴随着一声敲击
从遥远的天空坠入
一只空空的水桶。

也有可能，它是在灌木丛
在悬钩子的刺中
孕育而成——
一如嘴角上的笑意？

它躺在巢穴里，
就像一枚布谷鸟蛋。
仿佛一根钉子
将干燥的台阶刺穿。

"一阵冷风……"

一阵冷风
吹进月亮纸做的圆圈。
她无处可去——
天上没有家园。

运动的脚步
才将移进这张网，
她的藏身处。
你可会感到忧伤?

猫头鹰

在这片天空上
没什么真相可寻。
空虚、寂寥、寒冷。

唯有一只鸟的身躯
歪斜着飞过：
从出发点
到目的地。

鸟嘴啄住了
太阳，然而——
太阳毫发无损。

太阳
正好在月亮身旁一跃而过，
月亮似一把钩子挂在空中，
仿佛整夜坐在橡树上
以人的方式思考月亮的
猫头鹰的爪子。

它已经开始觉得，这是一块面包。

关于这一点

它也告诉了橡树，

用自己的语言。

达吉雅娜·皮斯卡廖娃

叶莲娜·伊萨耶娃

叶莲娜·伊萨耶娃（Елена Исаева, 1966—），生于莫斯科，毕业于莫斯科大学新闻系，16岁时开始发表作品，著有诗集《在世界与自我之间》（1992）、《年轻又漂亮》（1993）等。

不要毒害，不要毒害我的灵魂

不要毒害，不要毒害我的灵魂。
不要强迫我在夜间哭泣。
我要的不是这样的爱情——
这样的爱情在我已成为过去：
在那里，苦恼和绝望
扼住咽喉，让你喘不过气，
人们彼此碰得粉身碎骨，
只能一块一块地找回自己。
无声的罪过折磨着你，
使你不得幸福和安宁……
诸如此类，一言难尽。
你最好能来点新花样！
最好提议轻松地爱我，
不带烦恼、伤心和痛苦，
让我跟你在一起能够
变得柔弱、愚蠢和幸福。
你最好建议我做一锅鱼汤。
而为这一锅忧愁与悲伤
你最好去寻找另一个傻瓜，
一个幸福已成既往的姑娘。

叶莲娜·伊萨耶娃

"你厉声说……"

你厉声说:"我不在乎!"——
生命于是悄然流失。
该如何生活,如何生存——
我一直在向你学习。
是你教会了我写信。
是你教会了我未经允许
就以俄罗斯的方式,
以虐待狂的方式
把两个人的通信丢弃。

"这个人，现在对我很危险……"

这个人，现在对我很危险——
他已经以某种方式，杀死过我一次。
然而我就是忘不了，
从前爱我时，他有多帅气。
如今，当我再次脸色苍白，孤立无援，
我还是无法对他说："你走吧！"——
要知道，忘记幸福难于
忘记痛苦、悲伤和委屈。
如今他离我比任何一个路人都远，
但我仍希望展示自己全部的美丽，
地狱里的苦难全都相似，
纵然有十八圈，
还是应该挺过去。

叶莲娜·伊萨耶娃

"当积雪完全融化，你将……"

当积雪完全融化，你将
进入世界，把别的东西找寻。
你算不上一个铁石心肠的人，
只不过是内心里缺少安宁。

我不是女儿，不是母亲，不是妻子，
但我会因思念而变得妩媚、漂亮。
你并没有撒谎，说你需要我。
需要我，跟需要别人没什么两样。

我们的罗曼史已被一滴滴榨干，
但仍保留着最后一缕柔情。
我知道，你并不想杀死我，
只不过是希望自己能够生存。

当春回大地，万物复苏，
你是否会允许回忆自己？
我不是女儿，不是母亲，不是妻子。
只不过是一个女人……仅此而已。

"你从蒙马特打电话给我……"

你从蒙马特打电话给我。

对我来说，跟从火星打来一样。

虽然听得清，仿佛

你就坐在隔壁的厨房。

雨差不多停了。莫斯科的街心花园开始凋谢。

我不了解俄罗斯，

而对巴黎又能说些什么？

我只知道莫斯科。

我曾穿着破旧的深红色风衣，

趟着褐色的泥潭走遍大街小巷。

我爱过你，

在阿尔巴特街和马雅可夫斯基广场。

只要他们还在，

我对你的爱就会一如既往。

我爱过你，

在清水池塘，在牧首池塘……

代价太大了——

从巴黎打长途，却又沉默不语，——

你说话呀，别默不作声。

我现在已不再感到害怕，

因为在莫斯科，

应该找不到能够抛弃我的人。

"请原谅我的气话……"

请原谅我的气话，
我绝不是天生任性。
我只不过是喜欢
如此与众不同的人。

请原谅我没有选择，
我未必能重新活下去。
只要他在某个地方出现，
所有的女人就会全部屏住呼吸。

从宇宙吹来一股永恒之风，
灵魂跃跃欲试，渴望飞上九天！……
听说，如今生活已经把他折磨得
弯腰驼背，白发苍苍，疲惫不堪。

请原谅过去令人压抑，
世界上找不到另一个人，
无论宇宙，无论永恒，无论语言
都不能把什么更正。

维塔利·普哈诺夫

维塔利·普哈诺夫（Виталий Пуханов, 1966—），生于基辅，毕业于高尔基文学院，《新世界》杂志诗歌编辑，著有诗集《树木之园》。

"你的死比死更不寻常……"

你的死比死更不寻常，
但据说，比死更不寻常的是
你那比死更不寻常的死。
比死更寻常，比死更不寻常的是
你那是死但又比死更不寻常的死。

你的生比生更不寻常，
但据说，比生更不寻常的是
你那比生更不寻常的生。
比生更寻常，比生更不寻常的是
你那是生但又比生更不寻常的生。

你的死比生更不寻常，
但据说，比生更不寻常的是
你那比生更不寻常的死。
比生更寻常，比死更不寻常的是
你那是生但又比生更不寻常的死。

我说的比寻常更寻常，
我说的是——我比寻常更寻常，

还有我的言语，比生更不寻常，——
比生更寻常，比死更不寻常的是
我这是言语但又比言语更不寻常的言语。

"田间的水井干枯得愈甚……"

田间的水井干枯得愈甚，
我就愈是不惧怕干渴和酷暑，
对那些把诗叫做大地的水分的
疯狂畸形儿，我也就爱之愈笃。

预言家们愈是冷落国家，
我对世界的未来就思考愈少，
对那些被我们遗忘的诗人
精辟的诗句就愈是深信和明了。

我哭泣愈少，惧怕愈少，祈祷愈少，
我的日常语言能力就丧失愈多，
我能看见诗人们优美
但又非人类的面孔在瑟瑟抖索。

他们的面孔只是偶尔才会展现，
这时我会不在乎我的结局如何。
他们死于干渴的比例愈多，
我就愈是不惧怕酷暑和干渴。

"塞巴斯蒂安·巴赫……"

塞巴斯蒂安·巴赫
有一件衬衫，
他一直这样穿着它，
穿着它去上班。
当领口和胳膊肘
已经磨烂——
他请求上帝给他一件
新的衬衫。

他对上帝的要求
少得可怜，少得可怜——
不要死亡，不要拯救，不要尘世的真理。
上帝极为伤心又难堪：
要知道，巴赫可不是凡夫俗子，
然而——上帝哪里有衬衫！

"在这金色的世界上……"

在这金色的世界上
做个诗人真是惬意。
只要你愿意——可以生活在此处，
只要你愿意——可以生活在那里。
克里姆林宫还会有红星，
杯中还会有上帝。
只要你愿意——可以死在石头下，
只要你愿意——可以死在泥土里。

217

维塔利·普哈诺夫

"到埃及去吧……"

到埃及去吧。
到南方去。
那里没人欺负你。
甚至即使杀死你。

在古国埃及
不存在任何委屈。
为自己建一座金字塔吧。
花上十个世纪。

叶莲娜·罗琴科娃

叶莲娜·罗琴科娃（Елена Родченкова, 1965—），生于普斯科夫省诺沃尔热夫市，先后毕业于列宁格勒文化学院和彼得堡大学法律系，曾在诺夫哥罗德州图书馆、文化宫和报社工作，当过法律顾问。著有诗集《别人的爱情》（1994）、《惋惜和呼唤》（1996）、《祖国》（1997）、《沉思集》（1999）等。

"我们是苦役犯，流放者……"

我们是苦役犯，流放者。

我们是囚徒。

我们是病态时代的同时代人。

我们不是骗子手，而是被骗的沉睡者。

我们是勤奋而又迷失的一代。

我们是旅行者。

我们是糊涂人。

我们是星尘，

是遥远的行星的卫星。

我们出卖了思想，出卖了秘密，

我们出卖了神灵，杀死了偶像。

我们是朝圣者，

我们是流浪者。

我们的志向是

不断地解开道路交叉的结，

并在无路之路上留下脚印。

"逝去的光阴不少……"

逝去的光阴不少，
剩下的时日亦多。
我奔跑如飞。
路上得到
而后又失去的一切
不会失而复得。
心儿为之奉献而又
从不知何为邪恶的一切
将要唱起祝福的歌。
我为之魂牵梦萦的一切
我都献给了别人——
如今已不再属于我。

221

叶莲娜·罗琴科娃

玛利亚·瓦图金娜

玛利亚·瓦图金娜（Мария Ватутина，1968—），先后毕业于莫斯科法律学院和高尔基文学院，俄罗斯作家协会会员，当过律师、记者、杂志主编。1995年开始发表作品，作品散见于各类文学期刊和文集。

"我教会他……"

我教会他煮饺子煮鸡蛋。
我教会他不怕黑但怕死。
我教会他锁住不忠诚的门。
我教会他只计得不计失。

我教会他说一种方言。
我教会他破译人的眼神。
我教会他舔平伤口敷上车前草。
我教会他怀疑他也是艺术家。

我教会他双脚站立四肢坠地。
我教会他掩饰痛苦而不是眼泪。
我教会他拭去父亲相片上的灰尘。
我教会他不去触犯禁忌。

我教会他在我为诗句费神时勿进。
我教会他我要是死了该给谁打电话。
我教会他懂得一切都会过去此事也不例外。
我教会他辨别收税人和诗人。

我教会他看啊多美的天空多美的云！
我教会他慢慢活着不要急于成熟！
我教会他疯狂地爱吧趁你身强力壮！
可你教会了他什么呢，天父？

"别拿过去的时光毒害我的心……"

别拿过去的时光毒害我的心
根本就不存在什么时光
时光如一粒黑色的种子
在外婆的浓汤里游动。

严厉的外婆拍打着围裙
吃啊她说你在长身体
而我人小势单力薄
调羹在手中握得紧紧。

我不想吃这熬煮的汤菜
我觉得太多了可她
如一团火光守着我的心
快吃啊她说你得吃光。

快吃啊你要学会做女人
我稍有一丝叛逆的举动
就是一记大大的耳光
不吃完甭想走出门。

我把头朝汤盘深深埋下
以示顺从却分明看见
上面漂着一圈圈的肥油
下面更是触目惊心。

马克西姆·阿麦林

马克西姆·阿麦林（Максим Амелин, 1970—），诗人，翻译家、评论家和出版家。生于库尔斯克，毕业于商学院，当过兵。曾就读于高尔基文学院。诗歌和评论文章载于《边界》《新世界》《旗》《十月》《文学问题》等杂志。著有诗集《冷冰冰的颂诗》（1996）、《Dubia》（1999）、《戈尔戈涅斯的马》（2003）、诗文合集《被压弯的言语》（2011）。作品被译成英、德、法等多种文字。

"教会我祈祷吧，上帝……"

教会我祈祷吧，上帝，
让心中的灼热与肌肤的冰冷
彼此遭遇，为你而战栗，
在明亮的白昼和黑暗的夜晚；
将我反复锤炼，让我脱胎换骨，
顺从我早已设定的命运。

没有你，风会摧折芦苇——
人们啊！骨头会长满赘肉，
那些未完全成熟的果实
会从生命之树无声地掉落，
人不过是地上的爬虫，沾沾自喜于
自己身体的多余部分。

我放弃理智追随你，——
如船在汹涌的海上寻找海岸，
上帝啊！——你将阳光赐予我，
任你怎么残忍怎么不公，
只求你能用情感的大潮教会
一个焕然一新的人如何表达感恩。

"每天清晨，当我从棺椁中醒来……"

每天清晨，当我从棺椁中醒来，
吃力地揉搓着眼睛，
想把世界看个一清二楚，
自己却不知，我该何去何从，

我在想象的一团乱麻中挣扎，
极力想要区分
何为梦何为醒，但天平的两端
忽上忽下，分不清孰轻孰重——

就连一刻也无法在一处
站稳，——透过梦境
裹在面团中烘烤的号角之声，
我分明听见末日审判时的

苏醒——我以为——好像是，
面对二者必居其一的抉择——
要么缄默不语，要么大喊一声：
"上帝啊，献给你——我早晨的魂魄。"

马
克
西
姆
·
阿
麦
林

"饱足，而非……"

饱足，而非
法国佬的口腹
念兹在兹、乐此不疲了
四个世纪的品味！——
品味再精细又有何益，
如果不能让饥饿者填饱肚皮！

对丰富的汤和粥
习以为常的人们
无法接受贫乏的菜肴；
只有解决了饥肠辘辘，
才有可能思考美的问题：
饱足才是我们的幸福所在！

谁能用饭食填饱
骨瘦如柴者的肚皮，
谁就在词语的手艺中胜出一筹，——
俄罗斯的缪斯啊，把那么多的
烧烤和蒸煮满满地摆上餐桌，
这才是你的拿手好戏！

"我遍访阿克维隆昏暗的洞穴……"

我遍访阿克维隆①昏暗的洞穴，
为了冷却你躁动的怀抱
和温暖你的心。

然而无论你的鞋跟怎么在地板上跺踏，
你从今以后都不会再是
忠实的奴仆或狠心的主人。

胆小的扁角鹿慌乱的身体和眼神，——
即便麻利的双手伸出并拾起
落地的蜡烛，

一个偶然的变故还是会让一切各就各位。
我伟大而强劲的语言多么贫乏，——
我非不能为，是不想为之。

见面稀少的世纪甘甜，但生离死别的瞬间更美，——

---

① 日耳曼和斯堪的那维亚神话中的北风之神。

阵亡者誓言铮铮，将精神带进银色的丛林，
没有目标，没有印痕

不露声色地说：
"不爱则已，"我借用欧里庇得斯名言，
"爱则至死不渝。"

"我在北京—莫斯科的航班里昏睡"

我在北京—莫斯科的航班里昏睡；
醒来，望一眼窗外——
在那里，在下方，西伯利亚空空荡荡，
只有狼的眼睛
透过钻井平台上的青烟
鬼火般不停地眨动。

一条蜿蜒曲折的长蛇
从侧翼一口咬住另一条长蛇：
紧贴着每条蛇经行的半圆形区域
明显看得见搏斗过的痕迹——
我知道，没有成为灵泉的额尔齐斯
在那里注入了鄂毕河。

睡梦像是被一只手驱走，
我在清醒中分明看见
一口口发黄的钢铁獠牙
在上下打着寒战，
那黏糊糊的毒液
正从一分为二的舌尖缓缓滴落。

鲍里斯·雷日

鲍里斯·雷日（Борис Рыжий, 1974—2001），生于车里雅宾斯克一个知识分子家庭，十四岁开始习诗，1991年考入斯维尔德洛夫斯克冶金学院，1997年大学毕业，2000年研究生毕业于科学院乌拉尔分院地球物理研究所。发表过十数篇相关专业论文。当过助理研究员、《乌拉尔》杂志编辑，主持过报纸《图书俱乐部》的诗歌专栏。

据说雷日共写过1300多首诗，其中发表的约350首。1992年开始在叶卡捷琳堡当地刊物和《星》《十月》《乌拉尔》《旗》《阿里翁》等杂志发表作品，获得过反布克奖、北方帕米拉奖。作品被译成英、德、意等多国文字。

因患抑郁症于2001年5月自杀身亡。

五一

金子般的童年，五一劳动节——
要记住不能忘记的只有这些。

因为我们现在已经不去上学。
因为到处都是幸福和雨水的气息。

因为你的手上有一只小球。
因为皱巴巴的上衣里有列宁。

因为石竹是一种奇怪的花，
因为没人能听见你哭得多么伤心……

别离开我

别离开我，当
午夜的星光闪耀，
但外面和屋内
一切前所未有的安好。
不为什么，没有目的，
仅此而已，可是丢下我吧，
当我痛不欲生，
走吧，彻底放弃我。
纵使苍天变得寂寥，
纵使树林变得阴森。
纵使我会害怕极了
在睡前闭上眼睛。
纵使死亡天使会像电影里一样
或把毒药滴进酒里，
或对我的生命重新洗牌，
将一把梅花丢在桌子上。
可你要留守在一旁——
作窗前洁白的稠李花一朵，
把你的手伸过来吧，勇敢些，
即使够不到我。

"只是觉得惆怅、沮丧……"

只是觉得惆怅、沮丧、
伤感，此外还能怎样？
但记忆会纠正一切，
把过去的一切照亮——

像转动的唱片一样发声吧，
发出嘶哑和咔嚓之声，
从前有个画中的少女
额前一绺刘海煞是可人。

我那时被捧成了神，
我是拳击手，而不是诗人，
那是实话，而现在所言
倒仿佛是痴人说梦。

而且越往下走，越是
没完没了，说来话长。
星星，秋天的林荫道，
你的嘴唇，你的肩膀。

鲍
里
斯
·
雷
日

霉湿的公园里路灯昏黄，
依稀可见我们的面孔，
留在那里的一个吻啊——
这一吻将延续到永恒。

“谢谢，为一切……”

谢谢，为一切。为宁静。
为与黑暗争辩的星光。
谢谢，为儿子，为妻子。
为墙外的那些黑话。
谢谢，为我这下流的来客
还是得到了最低限度的容忍——
门厅里钉上了挂雨衣的钉子，
整个世界都压在了我的肩膀。
谢谢，为这稚嫩的诗行。
不为得到关注，但求得到宽容。
为秋天。为阴雨绵绵。为罪孽。
为这非尘世的悔恨。
为上帝和他的天使们。
为心儿有信，理智有知。
谢谢，为世上不存在
与此类似的东西。
为一切，为一切。为我无法
奢侈地生活，不顾他人的苦难。
我欠生活一笔巨债，
唯有死亡慷慨而缄默。

为一切，为一切。为朦胧的曙光。
为面包。为盐。故乡屋檐下的温暖。
为我对你们所有人满怀感激，
为你们听不见我的只言片语。

"深夜，空荡荡的有轨电车里……"

深夜，空荡荡的有轨电车里——
堆满了新年的玩具垃圾。
一个美人儿嘴角含着悲伤，
眸子里透射出天使般的寒意。
喝醉酒的朋友低声对我说：
"她失恋了？怎么办？没关系——
过一分钟，过一小时，过一辈子
她就会把他完全忘记。"
我清醒过来，回应道："或许
是丈夫没有给她钱买短上衣……"
从此我再也无法忘记
并不时想起这位悲伤的少女。
我偷偷在她嘴角的皱纹下
把自己的不幸放了进去，
同时，佯装轻佻和粗野——
内心充满对她的爱恋和怜惜。

"在俄罗斯，别时容易见时难……"

在俄罗斯，别时容易见时难，
在俄罗斯，城市与城市之间
相距太过遥远，
呢喃了一句"别了"，便浑身打颤。
无意中我的手
触到了她的手。

随便一条路就够走一辈子。
告诉我，何为俄罗斯的神？
"当然，我会回来的。"
实际上永远不会再有下文。
在俄罗斯，别时容易见时难。
"我会回来，我的心肝。"

八百年后我会回来。
真短啊，真可爱，——如果
分别成了永别，
那才凄惨。"让我把水滴擦干。"
是的，我不会回来。看得出，
我会死得比预想的要快。

在俄罗斯，别时容易见时难。
朝冰凉的诗句里
再丢一小块冰吧。
……列车行将倾覆，
……抵达星空的飞机
行将在星空里焚毁。

鲍里斯·雷日

"八十年代的，留唇髭的……"

八十年代的，留唇髭的，
有尾巴的，花格子的。
免费的有轨电车叮叮当当。
准时而齐整的雪花漫天飞舞。

生活一塌糊涂，就像没活过。
或许原本如此，然而
朝这儿瞧瞧，我的装备
涂抹得如何花枝招展。

后背印着"李维斯"，
袖口缝着"彪马"，
皱巴巴的五卢布纸币，
从谢尔盖·日林①那儿挣来的。

十三岁。我站在拳台上。
皮肤晒得黝黑像个乌兹别克。

---

① 谢尔盖·谢尔盖耶维奇·日林（1966— ），俄罗斯钢琴家、指挥、作曲
家、教育家。多个音乐团体的艺术总监。

我在决战中输掉了比赛，
却在迪斯科舞厅扳回一局。

我要去技校的宿舍，
我是一名骠骑兵，超级浪子。
进社党①的三个彪形大汉
在桥上把我骗得哑口无言。

每逢清晨打桩声中
醒来时我都能听见：
有轨电车在凭本性运行，
叮叮当当地在桥下驶过。

免费的有轨电车叮叮当当。
准时而齐整的雪花漫天飞舞。

---

① 指摩洛哥进步和社会主义党。

"主啊，这是……"

主啊，这是

五月二日的我。

——这些白痴是谁？

这是我的朋友。

河岸上

有伏特加和烤肉，

有云彩和美人鱼。

咳，别撕成碎块。

别撕成碎块，

地狱是死后的事，

但不要在闰年的春季，

请听我说，把基本的

爱情给剥夺去！

——这些是谁？

这是——跟我一起的！

"给乞丐点醒酒钱吧……"

给乞丐点醒酒钱吧。
你又是谁？流浪汉和懒鬼，
傻瓜，赌徒。

能讨半老徐娘喜欢的人，
早已不修边幅，且面带疤痕，
黄口小儿，孺子。

就这么给他，别要求
为罪恶的灵魂祈祷——他若开始划十字，
你要阻止。

……那是出于孤独，出于恶意，出于
对我们已经与之两清的那个人的记恨。——
而不是出于爱。

遗嘱

让我们达成共识：我死后
你要在我墓前立一个十字架。
外表看上去与其他十字架没啥两样，
然而朋友，你我心知肚明，
这不过是一个签名。就像没文化的人
要在文件里留下自己的印记，
我想在这个世界上留下一个十字架。

我想留下一个十字架。我跟
生活的语法处得不够和谐。
将命运通读一遍，却啥也没懂。
倒是习惯了一次又一次的打击，
由于那些打击，字母仿佛牙齿
从口中纷纷脱落。
并散发着血腥味。

"在楼宇上方，楼宇上方……"

在楼宇上方，楼宇上方
湛蓝的云团高悬——
它们将留下，与我们同在，
岁岁年年，岁岁年年。

仿佛蒸汽，只有这蓝中的白
高悬于这硕大的石砌建筑上空……
我们永远不会消亡，不会消亡，
我们比花岗岩更坚固、更富柔情。

纵使我们的躯壳化为乌有，
尘世生活的几何灰飞烟灭，——
回过头吧，亲吻一下我的唇，
把手伸给我，不要就此分别。

假如你我不得不两相分离，
就请你用自己的翅膀带走
只带走这蒸汽，这蓝中的白，
这音阶C中的蓝与白……

马克西姆·格拉诺夫斯基

马克西姆·格拉诺夫斯基（Максим Грановский, 1971—），生于列宁格勒，毕业于建筑大学。诗人，作家协会会员。在《阿芙乐尔》《文学报》《文学彼得堡》《涅瓦河》《诗歌日》等刊物上发表作品。获阿·康·托尔斯泰文学奖、青年彼得堡文学奖等。著有诗集《不归点》《风》。

成长

远离幼年，在通向老年的路上，
你全明白了，此生会是怎样，
你如鱼儿在快要干涸的池塘里挣扎，
难道这就是苦恼？不，兄弟，还要糟糕！

这是你数以百计没有诞生的诗句……
这是人犯下的数以千计的罪孽。
这是那些你难以启齿的东西，
是你的祖国母亲在诅咒你。

这是一场幽灵般的审判，在庭上
你既是无辜的约伯，又是有罪的亚当。
你的长子继承权还没有用于交换
粗糙的汤饭、生命、亮闪闪的腐朽。

你这只是开始，被世纪压垮的人啊，
开始做一个哪怕有一丁点尊严的人吧。

马克西姆·格拉诺夫斯基

想要简单些

我多想简单些，
却是力不从心。
多想成为草地上的花朵，
成为白桦树和灌木丛……

我多想简单些，
只恨我的大脑
总是疼痛不止，
说要简单些——那是自欺欺人！

不是声音
让电吉他沉思，
是生活中的火灾
和失去的知己。

这是你在孤独中
体验过的一点一滴，
它们仿佛打进你的铁甲，
渗入到你的性情里。

心儿好似一团火
驱赶着灵魂表面的冰，
真理与谎言的歌
发出摇滚的呐喊声声。

调好弦的神经在怨诉，
在节奏上捉襟见肘。
有人能做到简单些。
可是我却力不从心！

253

马克西姆·格拉诺夫斯基

站在球上的少女

在我的眼中你就是站在球上的少女，
平稳而轻松地转动着脚下的球，
你自己都不知道你有一种魔力
能引导着这只球走遍宇宙。

而这只球，沥青的，长满青苔的，
大大的，草绿色的，在你的蹬踏、
忠诚的爱情和天真的信仰驱使下
似乎不用外力，自己就能转动。

但愿她不会因为高速的罪孽
而跌落下来，而功亏一篑，
我的地球啊，切莫自转加速，
走在球上的少女，只坚强而又脆弱。

我想跟你一起沿着轨道行走，
就像金龟子，不断转动自己的球，
拖曳着自己的那份爱
从日常生活中逃走。

窗

周围的世界还是那么美好。
我的朋友啊，哪怕是因为
孩子们跳过经典
且五月的瓢虫能钻透黑暗。

你透过舷窗捕捉太阳，
然而你并不知道
你坐在船上透过窗玻璃
看取的乃是宇宙。

于是你重新感觉，重新幻想，
你会在清醒中目睹一切。
你的宇宙在瞳孔上，在天涯。
你用一根神经牵扯着蓝天。

马克西姆·格拉诺夫斯基

伊戈尔·拉祖宁

伊戈尔·拉祖宁（**Игорь Лазунин**，1975—），1994年毕业于马里乌波尔工业技术学校，1994—1996年在乌克兰国防军服役。1998年起在彼得堡居住。现在筑路工程队任电焊工。俄罗斯作家协会会员。著有《别人的梦》（2003）、《田径运动》（2006）、《春天的模型》（2009）、《无路之地旅行指南》（2013）等4部诗集。

复活节

生命在情况不明中流逝。
我变得坚硬，忏悔钻不进灵魂。
那个谴责你可怕的背叛行径的人，
即便你想找到，也无处可寻。

关于那些不成体统的关系的危害
你久久地与自己争论（似乎生活中还有无害的东西）。
然后，你又满脸通红、心惊胆战地
把深藏的秘密悄声告诉自己。

你把脸贴在呼哧呼哧的搅拌机下降温，
可要忏悔，你还是缺乏勇气。
你对有关救世主复活的暗语
呻吟作答："见鬼，竟会有这种事。"

"我是根据上帝亲自……"

我是根据上帝亲自
设计的图纸建造出来的，
当零件上的螺丝已经松动，
我的步伐与时代不再合拍。

电压测量仪的信息显示
我常受电压不稳之苦，
我的灵魂的荒唐运动
与事物的逻辑总不相符。

我是叶辽马也是福马，
我是蠕虫也是王者，是那个……
……我已经不记得自己的规格，
不记得自己是设计的结果。

"作为一个无忧无虑的人……"

作为一个无忧无虑的人，
他从不吝惜自己的无忧无虑。
比起吃药他更好酒贪杯，
并因这个嗜好而一命呜呼。

临死了还惦记着酒馆，
用含混不清的舌头不停抱怨：
随风而至的树叶的碎屑
如刨子推出的刨花落入运河。

朋友们对我反复念叨："命不好。
谁都不需要，一辈子枉活。"……
不过面对他们的长寿，
有时候我倒更羡慕这个贪杯者。

伊戈尔·拉祖宁

骗子

我装痴扮傻：
我喝高度啤酒解酒，
我用皱巴巴的黑色鸭舌帽的独眼
煞有介事地盯着天上的云。

鳞次栉比的售货亭，
仿佛我笔记本上的韵脚……
钞票上的雅罗斯拉夫尔——
这可是傻瓜的幸福所在。

只有移动的影子才知道
有种游戏更过瘾更销魂，
胜过伏特加也胜过女人——
痛苦能激发奇思妙想！

我会笑得更加灿烂：
这就是命运可笑的花招——
心脏在主动脉上跳动，
一如绞索上晃悠的死者。

瓦西里·波波夫

瓦西里·波波夫（Василий Попов, 1983—），俄罗斯作家协会会员，作协理事会书记。生于伊尔库茨克州安加尔斯克市，2005年毕业于西伯利亚法律、经济与管理学院，2010年毕业于高尔基文学院。著有诗集五部，在《我们同时代人》《二十一世纪小说报》《故乡的拉多加湖》《顿河》《俄罗斯回声》等杂志发表作品。获小蒲宁文学奖、"俄罗斯雏鹰"文学奖、"黄金勇士"文学奖等多种奖项。

"疼痛不已，窗外风雪交加……"

疼痛不已，窗外风雪交加，
树木挥动光秃秃的枝杈。
何人春季复苏，秋天枯萎，
冬天啊，又在你的床上倒下？

飞吧，我的灵魂，飞向光明，
不要接触尘世的一切。
这里有过的东西早已不复存在，
没有人再那样生活，那样去爱。

我就这样倒在了冰冷的灰暗中，
被命运和幸福窒息而死。
言辞仿佛人们丢失在丛林里
那些受尽折磨的狗的吠叫。

寻觅啊寻觅，寻到了却留不住。
主啊，我们小心前行。
又是密林……是枪声……
是降雪——没击中目标，可能。

"这可是骗局，我的生命……"

这可是骗局，我的生命？
世上有什么比这更美好？
似乎我们的回忆
飞向了天涯海角。

在这世界的圆圈中
我日益惶恐和强烈地明白了
那群被诗人的诗句驱逐的人
究竟要去往何方。

没有妥协，一去不回，
无论时间，还是珍贵之物。
这些城市在不断膨胀，
这个世界在变得异样。

瓦西里·波波夫

"这是怎样的幸福啊，活着并相信……"

这是怎样的幸福啊，活着并相信，
端详这个世界并发现善，
仿佛它是期待已久的海岸
突然间朝我们的船露出笑脸。

好像你马上就会透不过气，
为着焦急地等待她的到来。
在爱情中你当然不会搁浅，
可巨浪会打碎你的船。

可就连这也是幸福，并且
你在雾中走得越远，它越忠诚，
一切会令你变得更加善良，
你会将真话当成欺骗。

这是怎样的幸福啊，活着并相信，
端详着这个世界并发现善，
仿佛这是期待已久的海岸
突然间朝我们的船露出笑脸。

"不是你的错……"

不是你的错。
不是我的错。
这不过是比邻的两颗
红硕的果实。

这是成熟的樱桃，
是白昼的红晕，
这不过是多余的第三者
对她的思念。

这不过是春天
回到了大地，
这不过是留给我的
蓝色的月亮。

啊，怎样的痛苦，
啊，怎样的忧伤。
或许明天
我要出发去海边。

瓦西里·波波夫

或许我会见到
新的朝霞，
并在七月的夜晚
赠你一支玫瑰花。

俄罗斯当代诗选

玛利亚·切特维利科娃

玛利亚·切特维利科娃（Мария Четверикова，1986— ），生于鄂木斯克，2008年毕业于鄂木斯克理工大学人文教育系劳动与组织心理学专业，现在该大学的劳动与组织心理学教研室任教。从小写诗，2003年在全俄青年诗人大奖赛中获奖，2011年获西伯利亚与乌拉尔地区"青年作家"文学奖，2013年获陀思妥耶夫斯基文学奖（诗歌组）。著有诗集《雨的预言》（2007）和《天上的无轨电车》（2013）。

"艰辛、快乐、如带的道路……"

艰辛、快乐、如带的道路——
或通向单位，或通向天涯……
很多事情来不及细想，
但却来得及感受。

呼啸的严寒取代了夏日，
有人变得比亲近更亲近。
来不及明白究竟需要什么，
但却来得及被火星灼伤。

还有多少事要做——无尽之杯！
但我无可奈何，须知，
要将阳光集成一条金色发辫，
就得放弃俗世的作为。

"我喜欢下雨……"

我喜欢下雨：
雨水会在柏油马路上
留下一扇扇通向地下之城的窗口。
那里有火花四溅的天空，
晶莹剔透的房屋，
向地下生长的大树。

那里——不管我的目光
投向那里多少次——
有个眼睛
跟我一样明亮的姑娘
始终幸福如初。

"不虚度一日，不枉说一言……"

不虚度一日，不枉说一言——
时间在手上转成一个漩涡。
可爱的时间啊，你可顾不上我，
我的生命对你——不过一次短暂而绚丽的迸射。

雪在肆虐，拼命往路灯里钻，
但两星期后，春天将会到来。
我的头发正在染上颜色：
你会看见，它们雪一样斑白。

不虚度一日，不枉说一言，
我是否还要在天底下长久漂泊？
还要征服多少险峰？多少次伸手给鸟儿喂食？
手腕上的生命——就是时间与脉搏。

"别人塞到我手中的谎言……"

别人塞到我手中的谎言
我感觉烫手。
我像一把刀刺进
这可怕的茧：
把它刺穿，把它毁灭。
把真理解放出来。

而然后——久久地坠入
别人的灵魂的幽暗。
而然后——决不躲进
心上人温暖的怀抱。

我是一把无柄的尖刀。
你可把握得住？

玛利亚·切特维利科娃

叶卡捷琳娜·雅科夫列娃

叶卡捷琳娜·雅科夫列娃（Екатерина Яков-лева，1986—），生于摩尔曼斯克州扎波里亚尔内市，毕业于摩尔曼斯克人文学院。现居摩尔曼斯克市，在市医疗救护中心工作。在《文学俄罗斯》《摩尔曼斯克信使》《摩尔曼斯克晚报》等报刊上发表作品。曾获得摩尔曼斯克州长诗歌奖一等奖（2003）、全俄古米廖夫诗歌奖二等奖（2013）。出版诗集《给我一个整的》（2015）。俄罗斯作协会员。

"河边有一座老屋……"

河边有一座老屋，系在缆绳上的一条小船
打着瞌睡，船头扎进泛白的沙地，
一只猫弓着身子趴在柴垛上，如半边括号，
天鹅绒般的侧身被太阳烤得滚烫。

它的身子松油般柔韧，夜晚空虚而漫长，
几只苍蝇在牛奶桶中沐浴，
红莓在窗框之间泛红，
盖着花围巾的手风琴静默不语。

看到这一切——睫毛会因湿润变得沉重，
你会突然领悟世上的真理其实并不复杂……
多么明亮啊，因为有白纸做的花饰
在老旧的圣像画的边框上绽放……

院子里散发着新收的薄荷的清香，
远处田野上盘桓着一匹细腿的马，
曾几何时，我在这里是那么幸福……
如今我不在这里。也不会回来。

"有一天我走投无路……"

有一天我走投无路了，
就到教堂门口乞讨。
长老将一张铺着台布的餐桌
从天上送到我面前。

他还给我切了半只
刚出炉的面包。
魔鬼对我推推搡搡，
凶恶而又狂躁！

我一手将面包推开——
这哪里满足得了我。
"我要的不是半只，
还是给我一个整的！"

天空仿佛是一扇门，
严严实实上了好多锁……
长老不解："怎么了，孩子？
看来你还是不饿……"

说完他就不见了——
就像压根儿没有来过，
但见洁白的雪花好似面包屑
从天上纷纷坠落……

275

叶卡捷琳娜·雅科夫列娃

"你行将离去。不是马上，而是……"

你行将离去。不是马上，而是——
一点一滴，不知不觉。
光明随你而行，黑暗降下，
梦接踵而至，纷纷登场。

你行将离去。我落满尘埃的书架上
你的书的无言大军神色凝重，
在床单上寻觅你轻微的醋栗气味
已经一天难似一天。

我不会妨碍你。我只会屏息观看：
温暖正在渐渐消退，
灵魂大概就是这样离开肉体的，
或者说血液就是这样流出血管……

你不会允许希望愚弄我
并送我一张遗忘的车票……
从今往后要摸索着生活，
我们失去爱情，犹如失去视觉。

"我心爱的小家伙……"

我心爱的小家伙
明亮的双眼不停地眨动，
这是他平生第一次见到雪，
急着要与我分享雪的喜悦。

他湿漉漉的手套紧紧抓住我的手，
走起来，显然还有点胆怯，
我们屏住呼吸，一声不吭，
好像在做一场白而又白的梦。

我无法抑制住幸福的眼泪。
我从前简直就是有眼无珠……
多少次从这些童话般的白桦树旁走过，
却从来没有注意到它们的存在。

洁白的雪，多像天使的翅膀，
此时此刻，白色胜过世上所有的颜色，
我要向我的儿子学习，
用全然不同的眼光看取这个世界。

叶卡捷琳娜·雅科夫列娃

全能的上帝赐予了我们时间，
他用一只手便能轻而易举地倒转
乾坤——仿佛翻转沙漏一般——
在一个复明的灵魂面前。

伊丽莎白·马尔蒂诺娃

伊丽莎白·马尔蒂诺娃（Елизавета Мартынова，1978—），生于萨拉托夫，毕业于萨拉托夫大学，语文学副博士。《二十一世纪伏尔加》杂志主编，著有《给朋友的信》（2001）、《在世纪的边缘》（2006）。尤里·库兹涅佐夫诗歌奖获得者。现居萨拉托夫。

"这是谁的基因在我体内说话……"

这是谁的基因在我体内说话，
不容辩驳地召唤我浪迹罗斯，
去荒凉的草原，看野地的落叶，
尽管我早已过了十八岁的年纪？
可以坐马车，可以徒步而行，
可以乘火车，怀揣惴惴不安的憧憬。
只要能离开可恶的家，怎么都无所谓。
并且不留后路，哪怕有去无回。
为何这么决然？须知大地辽远，
每一个黑夜都可能暗藏凶险。
正欲飞离的鸟群之河流
在空中、在一片寂静之上泛滥。
我们不是鸟儿，可歌声绵长，
铺展而成草原，编结而成披肩。
声音如珍珠滚落四方，
悲伤之地长出群星璀璨。
翩翩起舞的影子跟在身后，
在漆黑的夜半围着红色篝火，
熟悉也好，陌生也罢，但见一块
铁锈色的画布在道路上方垂落。

"黑色天空的粘稠蜂蜜……"

黑色天空的粘稠蜂蜜
向地平线外流淌。
谁就着夜间的泪水
啜饮这沉重的甜浆，
谁就会永远自由，而我
曾沾染了过多尘世气息，
现在依旧——飞翔，滑行，
衔草筑巢，像鸟儿一样。
这巢在枝叶繁茂的树冠里
如一颗黑星熠熠闪亮。
一群老乌鸦不期而至，
在它周围盘桓不去。
于是诽谤纷至沓来，
一场灾祸正在孕育。
但一滴天雨——不多不少——
有一次落到了巢上。
看啊，它就像一个深渊，
透过它的窗口昭然可见：
世上的一切已无分别，
死亡并不存在，

伊
丽
莎
白
·
马
尔
蒂
诺
娃

痛苦乃是天意。
灵魂、心儿、翅膀——
一切全被天雨遮蔽，
蓝色的战栗紧紧抱住
我生活过的这片土地。

"转过脸吧……"

我欢迎我的命运：她与我
素不相识……在暮色中踉跄举步，
不曾回想起她天上的家
和在人间体会过的幸福。
那时天空是蓝的，像风一样，
燕子上下翻飞，惊恐不安，
秋天从黎明即开始紧张忙碌，
爱情稍纵即逝，一去不返，
仿佛高烧迟迟不去的病痛，
仿佛地上的斜阳和天上的雪片。
夜间的大街行人络绎不绝，
金色的花楸果进入长眠。
一次次的见面、争吵和分离，
一条条陌生道路的河湾，
破碎的心——不是因为苦难，
而是因为没有得到上帝的垂怜。
假如这一切确曾发生过，
而且是在醒时，而非梦中，
假如我对你的爱还没放弃，
朝我转过脸吧，我的命运……

伊丽莎白·马尔蒂诺娃

"我们得做好过冬的准备……"

我们得做好过冬的准备：
买些土豆，糊上窗缝。
谁知道冬天是咋想的，
过去和将来都是啥心情……
好大的雪啊……我们得
在自家窗前踩出一条小径，
然后离开，避开无声的灾难，
去皑皑雪野上滑行。
这里滑雪者和逃亡者难以数计，
滑道贴着树林延伸，曲曲折折，
一直没入蓝色天际，失去光洁，
抹杀并最终失去了自我……
让我们在白色的斜坡上稍作停留吧，
有些事只有你我心知肚明。
让我们沉默片刻，再沉默片刻吧——
不要谈论什么透明、轻快、紧绷，
就像那喧闹在耳畔的风，
从山上滑下时呼啸不停，——
瞧，转眼间你已泪流满面，
对冬季的短暂恐惧已经无影无踪，
温暖的雪花在你掌中消融。

格里高利·舒瓦洛夫

格里高利·舒瓦洛夫（Григорий Шувалов，1981—），生于卡累利阿共和国的拉德瓦镇，大部分时间住在沃洛格达州的谢克斯纳村。参过军，在建筑工地和剧院工作过。2003年考入高尔基文学院尤里·库兹涅佐夫诗歌班。库兹涅佐夫去世后转从诗人叶甫盖尼·莱因学习诗歌创作。2006年与一班同道组建"谈话"诗歌团体。2009年出版第一部多人合集《谈话》。作品散见于多种文学期刊。获"金勇士"文学奖和《文学俄罗斯报》鲍里斯·普利梅洛夫诗歌竞赛奖。《谈话》诗歌杂志主编。

"我还算走运，诸事顺遂……"

我还算走运，诸事顺遂，
双脚立地，不乏自信，
可疑时代那晚来的毒药
尚未殃及到我的青春。

愿望之火还在胸中燃烧，
我不会为任何事情悔恨——
我体会了爱情和别离，
且我的身后就站着死神。

我不再喜欢冷酷和偏执的人，
他们就像远天寒冷的霓虹，
我很幸运不久前还身处这柳林，
如今却用无谓的眼光看取他们。

河水流尽，滩底于是露出，
船在码头陆续收起了声息，
仿佛面包屑，生活中的不如意，
我们会从餐桌上一一抹去。

"无声的雨水四处漫溢……"

无声的雨水四处漫溢，
意识中——强光一闪。
我梦见了一场核爆，
而你不啻一枚核弹。

我浑身觳觫着醒来，
心儿在胸中狂跳不已，
后来我试图找到你，
然而你已留在了过去。

为何我这般狂喜？
告诉我吧，上帝！
为何我要顾影自怜，
凝望阴森森的地狱？

我在黑暗中苦苦找寻
如今根本用不着的外衣。
当爱情将我们遗弃，
别把我们的希望也拿去。

"这个城市像个吸毒者……"

这个城市像个吸毒者，
我已经无处可去。
我把一个小飞机从桥上丢下，
任它漂流到哪里。

我们的生活远离噩梦。
河面上烟霾弥漫。
一对热恋中的男女将一把
连心锁挂上栏杆。

白昼熄灭，夏季终结，
空气中透出阵阵秋寒。
我从来不信什么征兆，
因为没听说何事灵验。

鸟儿们准备飞离此地，
到南方去享受免费的暖气。
我呀，多余这样悲悲戚戚，
可我实在是身不由己。

安东·梅杰尔科夫

安东·梅杰尔科夫（Антон Метельков, 1984— ），生于新西伯利亚。第一专业是无线电器械设计师，第二专业是业余剧院导演。在俄罗斯科学院研究所资料室工作，在职副博士研究生。出版过诗集《套》。获得过多种文学奖。

"我们各有其声，就像风中……"

我们各有其声，就像风中
燃烧和星散的火炬。
在通向世界篝火的路上，
它们用松脂之泪把我们悼祭。
我们的喉咙会迸发出同一个旋律。
这喉咙数以百计、千计。
我们已经不会死去，
即便死去——还会复活。
我们已经不会死去。
这就是我要说的。

"你离去了我留下了……"

你离去了我留下了
你连句再见都没说
于是留下的只有衰老
何处是车站何处是火车
你离去了好像从此
熄灭了我双眸的光泽
你离去了列车员
竟然没有紧急刹车
随枕木叮当而去了啊
连串的希望和连串的失落
我呆呆地站在月台上
一直站到晨曦初现
你离去了握在手里的
活生生的联系从此了断
你离去了我留下了
什么都不可能改变

"伊万不穿靴子……"

伊万不穿靴子

他不怕下雨

他还未满周岁

总是鸟儿一样飞来飞去

伊万他不知道

二二得二还是得四

但他明白所有的话语

无论这个世界的还是那个世界的

假如你们纠缠不休

一个劲地问：怎能这样活着？

他会这样回答：幸福无处不在

只是你们未必懂得

"玻璃窗抽泣……"

玻璃窗抽泣

在村头上

为草原上的一只燕子抽泣

那燕子能把诗句

变成白杨的赛跑

河水为两岸抽泣

为神话般的森林抽泣

不是日日而是时时

佝偻在冰下的抽泣

雪的软糕

要将村头的房子覆盖

使它远离抽泣

天上挂着一只白面包

睡吧，我的孩子，睡吧，别哭泣

安东·梅杰尔科夫

斯维特兰娜·彼得罗娃-安布拉索夫斯卡娅

斯维特兰娜·彼得罗娃-安布拉索夫斯卡娅（Светлана Петрова-Амбрасовская, 1971—），生于彼得堡，长于彼得堡。2013年迁居大诺夫哥罗德。辽尼亚·戈里科夫青少年创作宫附设"索菲特"戏剧室主任。著有诗集《城市水族馆》（2007）。俄罗斯作家协会会员。

"心病于我算不上理由……"

我喜欢，你不是为我而害相思……
——茨维塔耶娃

心病于我算不上理由，
可无论如何我要感谢命运，
为与这个男孩－男人的相逢，
为这人世间的每一个黄昏。

面颊通红，可能是晚霞辉映，
也可能是因为失恋的预感。
你我单独出行只有一次……
去了何处？如今四顾茫然。

只一次，刚怯生生触到你的唇，
就赶紧躲开，像是被火灼痛。
灵魂奋力挣脱肉身的牢狱，
在离别的痛苦中冉冉升腾。

"你的声音——是伸过来的双手……"

你的声音——是伸过来的双手，
是一根救生绳——再结实不过。
别丢下我，带我跨越人世的牵累，
跨越未来岁月的罪孽和泪水。

你的声音——是对风暴的预感。
世事艰难，命运无情。
别丢下我。哪里有爱情，
哪里就有入海口——窄窄的，通向你……

你的声音如铿锵的预言，
用永恒的泛音对现实做出修正。
别丢下我。别丢下我
在创造的迷宫里，在日常的困苦中。

俄罗斯当代诗选

初雪

初雪啊，你稚嫩且有着与众不同的忧伤。
你缺乏顽强和吞噬整个世界的意愿。
你的覆盖仿佛薄薄的纱布，不事雕琢，
可是啊，相信我，自然界再没有更柔情的风景。

你怀着爱心将这个虚妄和庸俗的世界遮盖，
你赠予世界一刹那非尘世的纯净。
然而清晨一到，我们又重新奔走于无数的小道，
用接续不断的脚步抑制夜间的梦想。

斯维特兰娜·彼得罗娃－安布拉索夫斯卡娅

玛利亚·兹诺比雪娃

玛利亚·兹诺比雪娃（Мария Знобищева，1987—），生于坦波夫，毕业于坦波夫大学语文学院，作品散见于《我们同时代人》《文学问题》《文学报》等刊物。莱蒙托夫文学奖、库兹涅佐夫诗歌奖获得者。语文学副博士。俄罗斯作家协会会员。坦波夫市中心儿童图书馆附设"语词世界"青少年创作发展中心主任。著有诗集多部。

鸟儿

一心多命。可曾记得
它像一只短翼的小鸟，
扑打窗棂——明媚，单纯，
它勇敢地落在任何一只手上，
在房檐下等待暴风雨过去，
心想：这是怎样的高度啊。

然后像四月的燕子一般腾起，
努力让翅膀不碰到栏杆，
像箭一样冲向盲目的高空，
垂直的腾飞有几分倾斜，
它像是在墙壁上一样在空中
写下连鸟儿也无法看到的文字。

再然后它仿佛突然变得沉重，
染上一种病：野兽的恻隐之心，
如产卵般生下一个巨大的世界。
它在一个粗大的枝头上辗转——
不是燕子——是下蛋和抱窝的家禽——
在鸡雏叽叽喳喳的不停聒噪中。

玛利亚·兹诺比雪娃

如果说回归有望，那回来的
也未必是人，是兽，是鸟——
而是穿过树叶和词语的一道斜光。
一道与规律逆向生长的光，
从缩成一团的根部直抵飒飒作响的树冠——
在那里，伴着一声呼哨，蓝天撕裂开来……

舞会之后

假如问我，舞会上我可快乐，
我会说：我在门口迎客，引他们入席，
在空荡荡的大厅里凌晨四点
收拾被忘却的彩带、鲜花、折扇。

假如问我，我听到的消息多否，
我会说：我是个家庭教师，给孩子们上课，
我们唱歌、玩耍、顶嘴、和好——成长，
每一颗心都是大地一则透明的消息。

假如问我，我有什么要求，我会关上窗户
回答说：过去那些要求我早已忘记，
从别人家里离开时没人会收礼物，
只是舍不得孩子们的笑声、诗句和雨滴。

"天空好大啊……"

天空好大啊，像儿时的心，
可以温存而长久地凝视它。
假如说月亮是一个枞树球，
那么，这棵枞树该有多大……

蓝色的灯饰静静地闪耀，
神奇的梦从枝头纷纷坠落，
上面的星星不是挂成一排，
而是散缀着如闪光的网格。

但在更高处——在辉光和水声上面，
在鉴赏家和观众为之而来的一切上面，
一颗星星点亮——只是为了
让某个小家伙大叫一声："快看！"

你看不见它，无论是在房顶上，
还是从天堂的高度，在宇宙的震颤中，——
除非这样：从枞树之下，偷偷地，
通过肌肤感受带刺的花边的刺痛。

伊琳娜·伊万尼科娃

伊琳娜·伊万尼科娃（Ирина Иванникова，1985—），生于柏林，现居梁赞。职业医生。作品散见于莫斯科和其他地区的文学刊物。著有儿童诗集《白杨飘絮》（2017），该书入选2017年俄罗斯百部优秀儿童文学作品。曾获2015年"金链"儿童文学奖，2017年"友谊之岸"诗歌奖。

给叶赛宁的一封信

在国人心中，在歌词里
你还活着，灵魂俊美而年轻。
十二月的寒冷仓促间，
过早和粗暴地打断了你尘世的生命。

郁闷的"安格莱特"①得了个骂名：
没有墨水。五号客房。
毅然撒手西去——消息不胫而走——
命运索要的代价何等血腥。

身旁没有一个朋友——
没有情人，甚至没有亲眷。
"黑影人"将临终面模定格，
闭合了你生命的圆圈。

接下来——是全民的热爱，
这爱冲破了一道道的禁令：

---

① 列宁格勒（圣彼得堡）市中心一家五星级宾馆，1925年12月28日，叶赛宁
在此自缢身亡，临终留下一封血书："再见了，朋友，再见……"

唱吧，叶赛宁！纵情讴歌罗斯，
你是诗人中的翘楚，大地之魂！

在国人心中，在汗牛充栋的书卷中，
你还活着，充满柔情，饱经苦难。
叶赛宁啊，我听到你金子般的诗句
淙淙流淌，仿佛沁人心脾的清泉。

伊琳娜·伊万尼科娃

幸福

脆弱的、怯生生的初冰
如一层薄膜在水洼上凝结。
严寒的气息将森林禁锢，
雪花轻柔地、静静地飘落。

一片灰色的云雾
在苍白而又嗜睡的天空沉没。
幸福——随着忙碌的华尔兹
似雪的星星坠入原野……

"是的，这样的爱要不得……"

是的，这样的爱要不得：
炽烈如火，奋不顾身。
需战战兢兢，如履薄冰，
每迈出一步都格外小心！

心中满满的只有他一个。
他是你的痛，是你的灾星。
心儿被一团欲火焚烧，
可那欲火终归要化为灰烬。

午夜的梦多么甜蜜，
你梦见他迷人的侧影。
其实你很清楚，他——
是你的恶魔，命中注定。

这就是你的道路：
抗拒情感谈何容易。
是的，这样的爱要不得，
可不知为何……身不由己！

伊琳娜·伊万尼科娃